Un homme du

Arnold Bennett

Writat

Cette édition parue en 2023

ISBN : 9789359250465

Publié par
Writat
email : info@writat.com

Contenu

CHAPITRE I

Il y a dans le Nord une certaine jeunesse dont on peut dire qu'elle est née pour être Londonienne. La métropole, et tout ce qui y appartient, qui en descend, qui y monte, exerce pour lui une fascination impérieuse. Bien avant la fin de l'école , il apprend à prendre un plaisir lugubre à regarder la sortie du train londonien depuis la gare. Il se tient près du moteur chaud et envie le chauffeur lui-même. Regardant curieusement les voitures, il s'étonne que les hommes et les femmes qui dans quelques heures parcourront les rues appelées Piccadilly et The Strand puissent contempler l'avenir immédiat avec autant de calme apparent ; certains d'entre eux ont même l'audace de paraître ennuyés. Il a du mal à s'empêcher de se jeter dans le fourgon du garde alors qu'il passe devant lui ; et ce n'est que lorsque le dernier car n'est plus qu'un point sur la distance qu'il se détourne et, faisant un signe de tête distrait au guichetier, qui le connaît bien, rentre chez lui pour nourrir une vague ambition et un rêve de ville.

Londres est le lieu où les journaux sont publiés, les livres écrits et les pièces de théâtre sont jouées. Et ce jeune, qui siège désormais dans un bureau, lit tous les journaux. Il sait exactement quand paraîtra une nouvelle œuvre d'un auteur célèbre et attend les critiques avec impatience. Il peut vous dire d'emblée les noms des pièces figurant à l'affiche des vingt principaux théâtres du West End, quelle est leur qualité et combien de temps on peut s'attendre à ce qu'elles soient jouées ; et lors de la production d'une nouvelle pièce, les articles des critiques dramatiques lui procurent des sensations presque aussi vives que celles du premier soir le plus zélé à la représentation elle-même.

Tôt ou tard, peut-être par des chemins pénibles, il atteint le but de son désir. Londres l'accepte – en probation ; et quelle que soit sa force, ainsi elle se rabaisse. Qu'il soit audacieux et résolu, et elle lui rendra hommage, mais son talon n'est que trop prêt à écraser le lâche et l'hésitant ; et ses victimes, une fois sous leurs pieds, ne se relèvent pas souvent.

CHAPITRE II

L'antique quatre-roues, chargé de bagages, tourna en titubant devant Tattersall's et s'engagea dans Raphael Street. Richard baissa la vitre avec un bruit sec, révélateur d'un étrange nouveau sentiment de pouvoir ; mais avant que le fiacre ne s'arrête , il s'était ressaisi et avait réussi à descendre avec beaucoup de décorum. Lorsque la porte s'ouvrit en réponse à sa deuxième sonnerie, une légère odeur aigre s'échappa de la maison, et il se souvint des avertissements féminins amicaux qu'il avait reçus à Bursley au sujet du logement à Londres. L'aspect de l'hôtesse le rassurait cependant ; c'était une petite vieille femme vêtue de jupes ridiculement courtes, avec un visage jaune et froissé, des yeux gris et un sourire chaleureux et bienveillant qui conquérait. En saluant Richard, elle rougit comme une fille et fit une petite révérence à l'ancienne mode. Richard lui tendit la main et, après avoir essuyé la sienne avec un tablier propre, elle la prit timidement.

"J'espère que nous nous entendrons bien, monsieur", dit-elle en regardant droit dans les yeux de son nouveau locataire.

"Je suis sûr que nous le ferons", répondit sincèrement Richard.

Elle le précéda dans l'escalier étroit et maussade, plein de virages surprenants.

"Vous trouverez ces escaliers un peu gênants au début", s'est-elle excusée . " J'ai souvent pensé à mettre un joli tapis dessus, mais à quoi ça sert ? Ce serait fait dans une semaine. Maintenant, voici votre chambre, monsieur, au premier étage en façade, avec deux belles portes-fenêtres, vous voyez. , et un joli balcon. Maintenant, à propos de le ranger un matin, monsieur. Si vous sortez vous promener dès que vous vous levez, ma fille fera le lit et la poussière, et vous entrerez et je trouve que tout est bon et direct pour le petit-déjeuner."

"Très bien", acquiesça Richard.

" C'est ainsi que je m'arrange généralement avec mes jeunes hommes. J'aime qu'ils prennent leur petit déjeuner dans une pièce bien rangée, voyez-vous, monsieur. Maintenant, qu'allez-vous prendre comme thé, monsieur ? Un peu de bon pain et de beurre... "

Après son départ, Richard inspecta formellement ses appartements : une pièce longue, plutôt basse, coupée en longueur par les deux fenêtres qui faisaient la fierté particulière de Mme Rowbotham ; entre les fenêtres, une table au drap vert délavé, et un petit lit en face ; derrière la porte, un lavabo astucieusement dissimulé ; la cheminée, peinte en jaune moutarde, portait diverses figures trapues en faïence, et était surmontée d'un miroir oblong encadré de palissandre ; au-dessus du miroir un texte enluminé « Confiance en Jésus » et au-dessus du texte un oléographe, en collision avec le plafond, intitulé « Après la bataille de Culloden ». Les murs étaient décorés d'un motif de roses roses géantes ; et çà et là, cachant les roses, étaient accrochées des photographies de personnes en habits du dimanche et des paysages peints à la main à l'huile, représentant au loin des ponts, des arbres, de l'eau et des voiles blanches. Mais l'ameublement de la chambre ne causait aucune inquiétude à Richard ; en quelques instants, il avait mentalement arrangé comment rendre l'endroit habitable, et désormais il ne voyait plus que ce qui devait et serait.

Le thé a été apporté par une fille dont le visage la proclamait être la fille de Mme Rowbotham . À sa vue, Richard lui fit un clin d'œil en privé ; il avait lu dans des livres sur les filles de propriétaires, mais celui-ci démentait les livres ; elle était jeune, elle était belle et Richard aurait juré son innocence. Avec un surcroît d'audace qui le surprit, il lui demanda son nom.

"Lily, monsieur," dit-elle en rougissant comme sa mère.

Il coupa le pain neuf et lourd, versa une tasse de thé avec la gaucherie d'une personne peu habituée à un tel travail, puis, après avoir fait de la place sur le plateau, posa le journal du soir contre le sucrier et se mit à manger et à lire. Dehors, il y avait deux orgues à piano, des enfants qui criaient et un homme poussant un cri monotone et inintelligible. Il faisait sombre ; Mme Rowbotham entra avec une lampe et débarrassa la table ; Richard regardait par la fenêtre et aucun des deux ne parla. Actuellement, il s'assit. C'était sa première nuit à Londres, il avait décidé de la passer tranquillement *chez lui* . Les orgues du piano et les enfants étaient toujours stridents. Un étrange sentiment d'isolement l'envahit momentanément et les bruits de la rue semblèrent s'éloigner. Puis il se dirigea de nouveau vers la fenêtre et remarqua que les enfants dansaient avec beaucoup de grâce ; il lui vint à l'esprit qu'ils pourraient être des enfants de ballet. Il prit le journal et examina les annonces théâtrales, d'abord paresseusement, puis en détail.

Avec un long soupir, il prit son chapeau et son bâton et descendit très lentement l'escalier. Mme Rowbotham l'entendit tâtonner avec le loquet de la porte d'entrée.

"Vous sortez, monsieur ?"

"Juste pour une promenade", dit Richard nonchalamment.

« Peut-être que je ferais mieux de vous donner une clé ?

"Merci."

Un autre instant et il se retrouva dans les rues délicieuses, en direction de l'est.

CHAPITRE III

Bien qu'il n'ait visité Londres qu'une seule fois auparavant, et seulement pour quelques heures, il n'était pas étranger à la topographie de la ville, l'ayant fréquemment étudiée à l'aide de cartes et d'une vieille copie de l'annuaire de Kelly.

Il remonta lentement Park Side et traversa Piccadilly, repérant en passant devant eux l'ambassade de France, Hyde Park Corner, Apsley House, Park Lane et Devonshire House. Alors qu'il buvait l'éclat et le glamour mêlés de Piccadilly la nuit, les étoiles lointaines, les grands arbres sombres , les intérieurs vastes et éblouissants des clubs, les lignes de circulation sinueuses et vacillantes, les visages radieux des femmes encadrées dans des cabines, - il eut un rire de contemplation luxueuse, extrêmement heureux. Enfin, enfin, il avait accès à son héritage. Londres l'a accepté. Il était à elle ; elle il; et rien ne devrait les séparer. La famine à Londres serait en soi un bonheur. Mais il n’avait pas l’intention de mourir de faim ! Rempli de grands projets, il se redressa et, à ce moment-là, un morceau de boue projeté par une roue d'autobus lui éclaboussa la joue, chaude et granuleuse. Il l'essuya avec tendresse et avec un sourire.

Même si c'était samedi soir et que la plupart des magasins étaient fermés, un établissement où l'on vendait à des prix alléchants des montres et des bibelots en or « anglo-espagnol », d'apparence superbe et surmontés de peluches vertes, jetait néanmoins une lumière éclatante sur le monde. trottoir, et Richard a traversé la route pour inspecter ses marchandises. Il se détourna, mais revint sur ses pas et entra dans le magasin. Un assistant lui a poliment demandé ses souhaits.

"Je veux un de ces chasseurs que vous avez dans la fenêtre du 29/6", dit Richard avec un ton bourru qui devait être involontaire.

"Oui, monsieur. En voici un. Nous garantissons que les ouvrages sont à la hauteur du meilleur levier anglais."

"Je le prends." Il a déposé l'argent.

"Merci. Puis-je vous montrer autre chose ?"

"Rien, merci", encore plus bourru.

"Nous avons d'excellentes chaînes..."

"Rien d'autre, merci." Et il sortit en mettant son achat dans sa poche. Une montre en or parfaitement fiable, qu'il portait depuis des années, gisait déjà là.

À Piccadilly Circus, il flâna, puis traversa et longea Coventry Street jusqu'à Leicester Square. L'immense façade du Théâtre Ottoman des Variétés, avec ses rangées de fenêtres illuminées et ses croissants de lune se détachant sur le ciel, se dressait devant lui, et sa gloire était enivrante. Il n'est pas exagéré de dire que les Ottomans exerçaient une fascination plus forte pour Richard que n'importe quel autre endroit de Londres. Le British Museum, Fleet Street et le Lyceum étaient des noms magiques, mais le nom de l'Ottoman était encore plus magique que l'un ou l'autre. L'Ottoman, dans les rares occasions où il était mentionné à Bursley , était synonyme de tous les vices scintillants de la métropole. Cela puait dans les narines des délégués londoniens venus prendre la parole lors des réunions annuelles de la Société locale pour la répression du vice. Mais combien de fois Richard, somnolent dans la chapelle, avait-il atténué les rigueurs d'un long sermon en rêvant d'un ballet ottoman, un de ces spectacles voluptueux, tout en jambes et tout en bras blancs, qui de temps à autre étaient si richement décrits dans le quotidien de Londres. papiers.

Les portes battantes à barreaux de cuivre de l'entrée du Grand Cercle lui furent simultanément ouvertes par deux automates humains vêtus exactement de la même façon de longs manteaux semi-militaires, un homme très grand et un garçon rabougri. Il s'avança avec tout l'air d'habitude qu'il pouvait avoir, et après avoir pris un billet et traversé un couloir richement décoré, il rencontra une autre paire de portes battantes ; ils s'ouvrirent et une jeune fille s'évanouit, suivie d'un homme qui lui parlait avec véhémence en français. Au même instant, une rafale de musique lointaine frappa l'oreille de Richard. Alors qu'il montait un escalier large et épais, la musique devenait plus forte et des applaudissements se faisaient entendre. Au haut des marches pendait un rideau de velours bleu ; il écarta avec difficulté ses plis raides et lourds et entra dans la salle.

La fumée de mille cigarettes enveloppait les parties les plus éloignées du grand intérieur d'une fine brume bleuâtre, qui se dissipait en atteignant le plafond en forme de coupole dans les rayons d'un lustre de cristal. Loin devant et un peu en dessous du niveau du cercle s'étendait une ligne de rampes interrompue par la silhouette de la tête du chef d'orchestre. Une petite silhouette solitaire, vêtue de rouge et de jaune, se tenait au centre de l'immense scène ; il baisait ses mains au public avec un geste haché et lyrique ; bientôt il trébucha à reculons, s'arrêtant tous les trois pas pour s'incliner ; les applaudissements cessèrent et le rideau tomba lentement.

La large promenade semi-circulaire qui flanquait les sièges du grand cercle était remplie d'une foule bien habillée et bien nourrie. Les hommes parlaient et riaient pour la plupart par petits nœuds, tandis qu'entrant et sortant, se faufilant facilement et rapidement parmi ces groupes, bougeaient les femmes : certaines avec les joues fardées, les lèvres grasses vermillon et d'énormes yeux liquides ; d'autres dont les visages étaient innocents de tout maquillage et pâlissaient sous la lumière électrique ; mais tout cela avec un balancement particulier et exagéré du corps depuis les hanches, et tous se regardaient subrepticement dans les miroirs qui abondaient sur chaque mur rougeoyant.

Richard se tenait à l'écart, contre un pilier. Près de lui se trouvaient deux hommes en tenue de soirée, conversant sur un ton qui dépassait juste le murmure général des conversations et le tintement aigu et pénétrant du verre du bar derrière la promenade.

"Et qu'a-t-elle dit alors ?" » demanda l'un des deux en souriant. Richard tendit l'oreille pour écouter.

"Eh bien, *elle m'a* dit ", dit l'autre d'une voix traînante et rêveuse, tout en touchant distraitement la chaîne de sa montre et en regardant le gros diamant dans sa chemise, " *elle m'a* dit qu'elle avait dit qu'elle le ferait pour lui. s'il n'a pas déboursé. Mais je ne la crois pas. Vous savez, bien sûr... Il y a Lottie...."

L'orchestre se mit soudain à jouer, et après quelques mesures fracassantes, le rideau se leva pour le ballet. Le riche *coup d'œil* qui s'est présenté a provoqué une explosion d'applaudissements sur le sol de la maison et dans les étages supérieurs, mais à la surprise de Richard, personne à proximité ne semblait manifester le moindre intérêt pour le divertissement. Les deux hommes parlaient toujours dos à la scène, les femmes continuaient à se frayer un chemin entre les groupes, et de l'intérieur du bar montaient le murmure incessant des voix et le tintement des verres.

Richard n'a jamais quitté la scène ses yeux hébétés. Le spectacle émouvant se déroulait devant lui comme une vision, provoquant des sensations nouvelles, des frémissements d'étranges désirs. Il était sous le charme, et quand enfin le rideau descendit au rythme du roulement monotone des tambours, il se réveilla en constatant que plusieurs personnes l'observaient avec curiosité. Rougissant légèrement, il se dirigea vers un coin éloigné de la promenade. A l'une des petites tables, une femme était assise seule. Elle tenait la tête inclinée et ses yeux rieurs et brillants brillaient d'une manière invitante vers Richard. Sans vraiment le vouloir, il hésita devant elle, et elle gazouilla une phrase se terminant par *chéri* .

Il se détourna brusquement. Il aurait été très heureux de rester et de dire quelque chose d'intelligent, mais sa langue refusa son office et ses jambes remuèrent d'elles-mêmes.

A minuit, il se retrouva à Piccadilly Circus, peu disposé à rentrer chez lui. Il retourna tranquillement à Leicester Square. La façade ottomane était plongée dans l'obscurité et la place était presque déserte.

CHAPITRE IV

Il rentra chez lui à pied, rue Raphaël. La maison était morte, à l'exception d'une pâle lumière dans sa propre chambre. En haut des escaliers nus et grinçants, il chercha un instant la poignée de sa porte, et le bruit régulier de deux ronflements distincts descendit d'un étage supérieur . Il ferma doucement la porte, la verrouilla et jeta un coup d'œil autour de la pièce avec une certaine impatience. L'odeur de la lampe éteinte l'obligea à ouvrir les deux fenêtres. Il éteignit la lampe et, après avoir allumé quelques bougies sur la cheminée, approcha une chaise de la cheminée et s'assit pour croquer une pomme. L'idée lui vint à l'esprit : « C'est ma maison, pour combien de temps ?

Et puis:

"Pourquoi diable n'ai-je rien dit à cette fille ?"

Entre les bougies de la cheminée se trouvait une photographie de sa sœur, qu'il y avait placée avant de sortir. Il le regarda avec un demi-sourire et murmura à plusieurs reprises :

"Pourquoi diable n'ai-je pas dit quelque chose à cette fille, avec son *chéri* ?"

La femme photographiée semblait avoir entre trente et quarante ans. Elle était blonde, avec un visage doux et sérieux et des cheveux très ondulés. Le front était large, lisse et blanc, les pommettes saillantes et la bouche assez grande. Les yeux étaient d'un gris très clair ; ils rencontraient le regard du spectateur avec un curieux défi timide, comme pour dire : « Je suis faible, mais je peux au moins me battre jusqu'à ce que je tombe. Sous les yeux — le portrait était l'œuvre d'un amateur et par conséquent n'avait pas été dépouillé de toute texture par les retouches — on apercevait quelques pattes d'oie .

Aussi loin que remontait la mémoire de Richard, lui et Mary avaient vécu ensemble et seuls dans la petite Maison Rouge située à 800 mètres de Bursley , en direction de Turnhill , sur la route de Manchester . Autrefois, il était situé dans une zone rurale, des plantes rampantes recouvraient ses murs rouges et la parcelle nue derrière lui était un jardin ; mais le développement progressif d'une région productrice de charbon avait recouvert les champs de tas de déchets gris, lisses et montagneux, et rabougri ou tué tous les arbres du quartier . La maison était minée et, malgré les pinces de fer, elle avait perdu la plupart de ses rectangles, tandis que le loyer était tombé à quinze livres par an.

Mary était beaucoup plus âgée que son frère et elle lui était toujours apparue exactement comme la femme mûre de la photographie. De ses parents, il ne savait rien, sinon ce que Mary lui avait dit, qui était petit et vague, car elle gardait soigneusement le sujet à distance.

Elle avait subvenu, elle et Richard, confortablement grâce à un mélange de vocations, enseignant le piano, percevant des loyers et pratiquant l'art de la chapellerie. Ils avaient peu d'amis. Les cercles sociaux de Bursley étaient centrés dans ses églises et chapelles ; et bien que Mary fréquente le sanctuaire wesleyen avec une certaine régularité, elle s'intéresse peu aux réunions de prière, aux réunions de classe, aux bazars et à toutes les autres activités religieuses mineures, négligeant ainsi les occasions de relations sexuelles qui auraient pu s'avérer agréables. Elle avait envoyé Richard à l'école du dimanche ; mais quand, à l'âge de quatorze ans, il protesta que l'école du dimanche était « une horrible pourriture », elle répondit calmement : « Alors n'y allez pas ; et à partir de ce jour, sa place en classe était vide. Peu de temps après, le garçon insinua prudemment que la chapelle appartenait à la même catégorie que l'école du dimanche, mais l'allusion ne fut pas efficace.

Les dames de la ville venaient parfois, généralement pour affaires, et prenaient le thé l'après-midi. Un jour, l'épouse du vicaire, qui souhaitait obtenir des cours de musique pour ses trois plus jeunes filles pour une somme modique, entra et trouva Richard devant un livre sur le foyer.

"Ah!" dit-elle. "Tout comme son père, n'est-ce pas, Miss Larch ?" Mary ne répondit rien.

La maison était pleine de livres. Richard les connaissait tous bien de vue, mais jusqu'à l'âge de seize ans , il n'a lu qu'une poignée de volumes choisis qui avaient résisté à l'épreuve des années. Souvent, il spéculait paresseusement sur le contenu de certains autres, — « Horatii Opera », par exemple : cela avait-il quelque chose à voir avec les théâtres ? ne s'est jamais donné la peine de les examiner. Mary lisait beaucoup, principalement des livres et des magazines que Richard lui apportait à la bibliothèque gratuite.

Vers l'âge de dix-sept ans, un changement s'est produit. Il se rendait vaguement compte, et comme par instinct, que la vie de sa sœur dans les premiers jours n'avait pas été sans romance. Il y avait certainement quelque chose de caché entre elle et William Vernon, le maître scientifique de l'Institut, car ils s'efforçaient invariablement de s'éviter. Il se demandait parfois si M. Vernon était lié d'une manière ou d'une autre à la mélancolie qui n'était jamais, même dans ses moments les plus brillants, totalement absente de l' attitude de Mary . Un dimanche soir – Richard faisait le ménage – Mary, rentrant tard de la chapelle, lui jeta les bras autour du cou alors qu'il ouvrait la porte et, ramenant son visage vers le sien, l'embrassa hystériquement encore et encore.

"Dicky, Dick", murmura-t-elle en riant et en pleurant en même temps, "il s'est passé quelque chose. Je suis presque une vieille femme, mais il s'est passé quelque chose !"

"Je sais", dit Richard en se retirant précipitamment de son étreinte. "Vous allez épouser M. Vernon."

"Mais comment peux-tu le savoir ?"

"Oh ! Je viens de deviner."

"Ça ne te dérange pas, Dick, n'est-ce pas ?"

"CA m'interesse!" Craignant que ses sentiments ne paraissent trop clairement, il demanda brusquement à souper.

Mary abandonna ses diverses vocations, le mariage eut lieu et William Vernon vint vivre avec eux. C'est alors que Richard commença à lire plus largement et à se forger un projet précis d'aller à Londres.

Il ne pouvait manquer de respecter et d'apprécier William. La vie des mariés lui paraissait idyllique ; les tendres et furtives manifestations d'affection qui se passaient sans cesse entre Mary et son mari calme et d'âge moyen le touchaient profondément, et à la pensée des quinze années irrémédiables pendant lesquelles quelque malentendu ridicule avait séparé ce couple aimant, ses yeux n'étaient pas tout à fait aussi sec qu'un jeune pourrait le souhaiter. Mais avec tout cela, il se sentait mal à l'aise. Il se sentait un intrus dans les saintes intimités ; si, à l'heure des repas, mari et femme joignaient la main au coin de la table, il regardait son assiette ; s'ils souriaient joyeusement sans aucune provocation décelable, il faisait semblant de ne pas s'en apercevoir. Ils n'avaient pas besoin de lui. Leurs cœurs étaient pleins de bonté envers tout être vivant, mais inconsciemment ils se tenaient à l'écart. Il était replié sur lui-même et passait une grande partie de son temps soit en promenade solitaire, soit caché dans un appartement appelé bureau.

Il commanda des magazines dont M. Holt, le principal libraire de Bursley , ne connaissait pas les noms, et après ces magazines vinrent des livres de vers et des romans enfermés dans des couvertures au dessin mystique et imprimés dans un style que M. Holt, bien que secrètement impressionné. , présenté comme excentrique. La boutique de M. Holt remplissait les fonctions d'un club pour les dignitaires de la ville ; et comme il veillait à ce que cette littérature ésotérique soit bien exposée sur le comptoir jusqu'à ce qu'elle soit demandée, la renommée du jeune homme en tant que *grand lecteur* se répandit bientôt, et Richard commença à voir qu'il était considéré comme une curiosité dont Bursley n'avait pas à avoir honte. Son estime de soi, déjà nourrie par de nombreuses réussites scolaires faciles, s'est accentuée, bien qu'il ait eu la sagesse d'en garder une grande partie pour lui.

Un soir, après que Mary et son mari eurent longuement discuté à voix basse, Richard entra dans le salon.

"Je ne veux pas de dîner", dit-il, "je vais faire une petite promenade".

"Devrions-nous lui dire ?" » demanda Mary en souriant après qu'il eut quitté la pièce.

"Faites-vous plaisir", dit William, souriant également.

"Il parle beaucoup d'aller à Londres. J'espère qu'il n'y ira pas avant... après avril ; je pense que cela me dérangerait."

"Vous n'avez pas besoin de vous embêter, je pense, ma chère," répondit William. "Il en parle, mais il n'est pas encore parti."

M. Vernon n'était pas très satisfait de Richard. Il lui avait obtenu, grâce à ses relations avec les meilleures personnes de la ville, un poste de sténographe et de commis général dans un bureau d'avocat, et il avait appris en privé que, bien que le jeune homme fût assez intelligent, il faisait à peine les progrès qui auraient pu être accomplis. attendu. Il manquait « d'application ». Guillaume attribuait cette lacune à la lecture excessive de vers et de romans obscurs.

Avril arriva et, comme M. Vernon l'avait prédit, Richard resta toujours à Bursley . Mais l'homme plus âgé était maintenant trop profondément absorbé par une autre affaire pour s'intéresser du tout aux mouvements de Richard, une affaire dans laquelle Richard lui-même montrait une timide inquiétude. Les heures se succédèrent, les heures anxieuses, et enfin on entendit le cri faible et inquiet d'un enfant dans la nuit. Puis le calme. Tout ce que Richard a jamais vu, c'est un cercueil dans lequel se trouvait un enfant mort aux pieds d'une femme morte.

Quinze mois plus tard, il était à Londres.

CHAPITRE V

M. Curpet , de la maison Curpet and Smythe, dont le nom était peint en noir et blanc sur la porte vert foncé, lui avait dit que les heures de bureau étaient de neuf heures trente à six heures. L'horloge du Palais de Justice sonnait dix heures moins le quart. Il hésita un instant, puis saisit la poignée ; mais la porte était rapide, et il descendit les deux doubles volées d'escaliers de fer jusqu'à la cour.

New Serjeant's Court était un grand bâtiment moderne en brique très rouge avec des parements en terre cuite, haut de huit étages ; mais malgré ses défauts de couleur et sa hauteur excessive, de grands espaces muraux et une ornementation sobre lui donnaient une dignité et une beauté suffisantes pour le distinguer des autres bâtiments de la localité. Au centre de la cour se trouvait une parcelle ovale de terre brune, avec quelques arbres dont les cimes aux feuilles pâles, luttant vers la lumière du soleil, atteignaient le milieu du troisième étage . Autour de cette plantation courait une chaussée immaculée de blocs de bois, flanquée d'un sentier asphalté tout aussi immaculé. La cour possédait ses propres lampadaires privés, et ceux-ci étaient en fer forgé selon un modèle antique.

Des hommes et des garçons, graves et inconsciemment opprimés par le fardeau du jour à venir, surgissaient continuellement de l'obscurité de la longue entrée creusée par un tunnel et disparaissaient dans l'une ou l'autre des douze portes. Bientôt, une voiture et deux arrivèrent et s'arrêtèrent en face de Richard. Un grand homme d'une cinquantaine d'années, au visage sagace rouge et bleu, sauta alerte, suivi d'un employé attentif portant un sac bleu. Il sembla à Richard qu'il connaissait les traits du grand homme grâce aux portraits, et, suivant les deux hommes dans l'escalier du n°2, il découvrit par la légende de la porte par laquelle ils disparurent qu'il avait été en présence d'Elle. Procureur général de majesté. Simultanément à une inquiétude quant à sa capacité à atteindre le niveau de capacité de bureau sans doute requis par MM. Curpet et Smythe, qui faisaient des affaires côte à côte avec un procureur général et l'employaient probablement, vint une élévation d'esprit alors qu'il devinait sombrement ce que personne ne peut réaliser complètement que l’avenir d’un homme repose sur ses propres genoux et sur les genoux d’aucun dieu.

Il continua son chemin vers l'étage, mais le portail de MM. Curpet et Smythe était toujours verrouillé. En regardant vers le puits, il aperçut un garçon qui rampait péniblement et à contrecœur vers le haut, avec une clé à la main qu'il traînait sur les rampes. Au fil du temps, le garçon atteignit la porte de MM. Curpet et Smythe et, l'ouvrant, enjamba soigneusement une pile de lettres qui se trouvait immédiatement à l'intérieur. Richard le suivit.

"Oh ! Je m'appelle Larch", dit Richard, comme s'il venait de penser que le garçon pourrait être intéressé par ce fait. "Sais-tu quelle est ma chambre ?"

Le garçon le conduisit le long d'un passage sombre avec des portes vertes de chaque côté, jusqu'à une pièce au fond. Elle était meublée principalement de deux tables à écrire et de deux fauteuils ; dans un coin se trouvait une presse à copier désaffectée, dans un autre une immense pile de carnets de journalistes ; sur la cheminée, un gobelet, un plumeau et une lampe de bureau cassée.

"C'est votre siège", dit le garçon en désignant la plus grande table et il disparut. Richard se débarrassa de son manteau et de son chapeau et s'assit, essayant de se sentir à l'aise mais n'y parvenant pas.

À dix heures cinq, un jeune entra avec le « Times » sous le bras. Richard attendit qu'il parle, mais il se contenta de le regarder et ôta son pardessus. Il a ensuite dit,-

"Tu as mon crochet. Si ça ne te dérange pas , je mettrai tes affaires sur cet autre."

"Certainement", acquiesça Richard.

Le jeune homme étendit luxueusement son dos vers la cheminée vide et ouvrit le « Times », quand un autre garçon, plus petit, passa la tête par la porte.

"Jenkins, M. Alder veut le 'Times'."

Le jeune a remis silencieusement les pages publicitaires qui se trouvaient sur la table. Une minute plus tard, le garçon revint.

"M. Alder dit qu'il veut connaître l'intérieur du 'Times'."

"Dites à M. Alder d'aller au diable, avec mes compliments." Le garçon hésita.

"Allez, maintenant", a insisté Jenkins. Le garçon s'accrocha à la poignée de la porte avec un sourire dubitatif, puis sortit.

« Tiens, attends une minute ! Jenkins l'a rappelé. "Peut-être que tu ferais mieux de le lui donner. Enlève ce foutu truc."

À un bruit de pas précipités dans la pièce voisine fut succédé un appel impérieux pour Jenkins, auquel Jenkins se glissa prestement dans sa chaise et dénoua une liasse de papiers.

"Jenkins!" l'appel revint, avec une pointe d'irritation, mais Jenkins ne bougea pas. La porte s'est ouverte.

"Oh ! Tu es là, Jenkins. Entrez et prenez une lettre." Les tons étaient plutôt placides.

"Oui, M. Smythe."

"Je ne prête jamais attention aux appels de Smythe", a déclaré Jenkins à son retour. "S'il veut de moi, il doit soit m'appeler, soit me chercher. Si je commençais, je devrais courir dans et hors de sa chambre toute la journée, et j'ai bien assez de choses à faire sans cela."

« Agité, hein ? » » suggéra Richard.

" Fidgety n'est pas un mot pour cela, *je* vous le dis. Alder – c'est le directeur, vous savez – a déclaré hier encore qu'il avait moins de problèmes avec quarante actions de Curpet à la Chancellerie qu'avec une affaire de Smythe devant un tribunal de comté. Je sais que j'aurais un " J'aurais aimé écrire plus tôt quarante des lettres de Curpet que dix de celles de Smythe. J'aurais aimé avoir votre place, et vous aviez la mienne. Je suppose que vous pouvez écrire assez vite en sténographie. "

"Moyen", a déclaré Richard. "Environ 120."

"Oh ! Nous avions autrefois un homme qui pouvait en faire 150, mais il était journaliste. J'en fais un peu plus de cent, si je n'ai pas beaucoup bu pendant la nuit. Voyons, ils vous en donnent vingt." -cinq bobs , n'est-ce pas ?"

Richard hocha la tête.

" L'homme avant vous en avait trente-cinq, et il ne savait pas épeler la valeur d'un bouton de cuivre. Je n'en ai que quinze, bien que je sois ici depuis sept ans. C'est vraiment dommage que j'appelle ça ! Mais Curpet est tout près . S'il ... Je donnerais moins à d'autres personnes, et à moi un peu plus...."

« Qui sont les « autres personnes » ? demanda Richard en souriant.

"Eh bien, voilà le vieux Aked . Il est assis dans le bureau extérieur - vous ne l'aurez pas vu parce qu'il ne vient généralement pas avant onze heures. Ils lui donnent une livre par semaine, juste pour s'occuper un peu quand il en a envie. pour s'absorber, et pour être oisif quand il a envie de l'être. C'est un je ne sais quoi en panne , — il a été employé du père de Curpet . Il a ses propres affaires, et cela l'amuse tout simplement. Je parie il ne fait pas cinquante feuillets par semaine. Et il a un caractère diabolique.

Jenkins était en train de décrire d'autres membres du personnel lorsque l'entrée de M. Curpet lui-même mit fin au récit. M. Curpet était un petit homme au visage rond et à la barbe bien taillée.

"Bonjour, Larch. Si vous voulez bien venir dans ma chambre, je dicterai mes lettres. Bonjour, Jenkins." Il sourit et se retira, laissant Richard excessivement surpris de sa suave courtoisie.

Dans sa propre chambre, M. Curpet s'assit devant une pile de lettres et fit signe à Richard de s'asseoir sur une table d'appoint.

« Vous me direz si je vais trop vite », dit-il, et il se mit à dicter régulièrement, sans guère de pause. La pile de lettres disparut peu à peu dans un panier. Avant qu'une demi-douzaine de lettres ne soient rédigées, Richard comprit qu'il faisait désormais partie d'une machine commerciale d'une ampleur bien plus grande que tout ce à quoi il avait été habitué à Bursley . Ce petit homme au visage rond maniait impassiblement des dizaines de milliers de livres ; il hypothéqua des rues entières, malmena les compagnies de chemin de fer et écrivait familièrement aux seigneurs. Au milieu d'une longue lettre, entra un homme haletant, que Richard prit aussitôt pour M. Alder, le directeur de la chancellerie. Son chapeau en soie un peu usé était à l'arrière de sa tête et il avait l'air affligé.

"Je suis désolé de dire que nous avons perdu cette convocation dans l'affaire Rice *c.* The LR Railway."

"Vraiment!" dit M. Curpet . « Mieux vaut faire appel et informer un leader, hein ? »

"Je ne peux pas faire appel, M. Curpet ."

"Eh bien, nous devons en tirer le meilleur parti. Télégraphier au pays. Je vais leur écrire et les garder calmes. C'est dommage qu'ils en soient si sûrs. Rice devra économiser pendant un an ou deux. Quel a été mon dernier mot , Mélèze?" La dictée continua.

Une heure était prévue pour le déjeuner, et Richard en passa la première moitié à admirer les extérieurs ambrés des restaurants Strand. A l'exception du café de Bursley , il n'avait jamais été dans un restaurant de sa vie, et il était timide à l'idée d'entrer dans l'un de ces établissements somptueux dont les portes battantes laissaient entrevoir des plafonds richement décorés, des nappes luisantes et des hommes en soie. des chapeaux consommant avidement les plats placés devant eux par des serveurs obséquieux.

Enfin, sans bien savoir comment il était arrivé là, il s'assit dans un appartement long et bas, tapissé comme une chambre mansardée, et qui sentait le thé et le gâteau. L'endroit était rempli de jeunes hommes et de jeunes femmes indifféremment bien habillés, penchés sur de petites tables oblongues au dessus de marbre, inconfortables. Un bruit croissant de vaisselle emplit l'air. Les serveuses, aux visages pâles et vides, vêtues de noir crasseux avec des tabliers blancs, se déplaçaient avec difficulté à des vitesses variables, mais aucune d'entre elles ne semblait trahir un intérêt pour Richard. Derrière le comptoir, sur lequel se trouvaient de grandes urnes polies émettant des nuages de vapeur, se trouvaient plusieurs femmes dont le rang supérieur dans le restaurant était indiqué par un tablier noir, et au bout de cinq minutes Richard aperçut une de ces demoiselles se désignant à une serveuse : qui s'est approché et a écouté avec condescendance son ordre.

Un homme mince, plutôt d'âge moyen, avec une barbe grise et un nez légèrement rouge, entra et s'assit en face de Richard. Sans préface, il commença, parlant assez vite et avec une vivacité expressive rarement rencontrée chez les personnes âgées :

"Eh bien, mon jeune ami, que trouves-tu ton nouvel endroit ?"

Richard le regarda.

"Etes-vous M. Aked ?"

"La même chose. Je suppose que maître Jenkins vous a fait connaître toutes mes particularités d'humeur et de tempérament . Un verre de lait, un petit pain et deux noisettes de beurre. Et, dis-je, ma fille, essayez de ne pas me faire attendre aussi longtemps. comme tu l'as fait hier. Il y avait un sourire éclatant sur son visage, que la serveuse lui rendit à contrecœur.

« Ne savez-vous pas, reprit-il en regardant l'assiette de Richard, ne savez-vous pas que le thé et le jambon ensemble sont terriblement indigestes ?

"Je n'ai jamais d'indigestion."

"Peu importe. Vous l'aurez bientôt si vous mangez du thé et du jambon ensemble. Un jeune homme doit veiller à sa digestion comme son honneur . Cela semble drôle, n'est-ce pas ? Mais c'est vrai. Un appareil digestif détérioré a ruiné de nombreuses carrières. J'ai ruiné le mien. Vous voyez devant vous, monsieur, ce qui aurait pu être un auteur réputé, sans un estomac rebelle.

"Vous écrivez?" » demanda Richard, immédiatement intéressé, mais craignant que M. Aked ne plaisante lourdement.

"J'avais l'habitude de." Le vieil homme parlait avec une fierté fière.

"Avez-vous écrit un livre?"

"Pas un livre. Mais j'ai contribué à toutes sortes de magazines et de journaux."

"Quels magazines ?"

« Eh bien, laissez-moi voir : c'est il y a si longtemps. J'ai écrit pour « Cornhill ». J'ai écrit pour "Cornhill" lorsque Thackeray l'a édité. J'ai parlé à Carlyle une fois.

"Tu l'as fait?"

"Oui. Carlyle m'a dit... Carlyle m'a dit... Carlyle a dit..." La voix de M. Aked se réduisit à un murmure inarticulé et, ignorant soudain la présence de Richard, il sortit un livre de sa poche et commença à en palper les feuilles. C'était un roman français, "La Vie de Bohème ". Son visage avait perdu toute son expressivité mobile.

Un peu alarmé par une telle excentricité, et pas tout à fait sûr que cet associé de Carlyle soit parfaitement sain d'esprit, Richard resta silencieux, attendant les événements. M. Aked était clairement habitué à lire pendant qu'il mangeait ; il pouvait même boire les yeux rivés sur le livre. Enfin, il repoussa ses assiettes et ferma le roman d'un coup sec.

"Je vois que tu viens de la campagne, Larch", dit-il, comme s'il n'y avait eu aucun incident dans la conversation. "Maintenant, pourquoi, au nom de Dieu, as-tu quitté le pays ? N'y a-t-il pas assez de monde à Londres ?"

"Parce que *je* voulais être auteur", répondit Richard avec plus d'assurance que de véracité, quoique de bonne foi. Le fait est que ses aspirations, jusqu'alors si vagues qu'elles échappaient à l'analyse, semblaient, au cours des dernières minutes, mystérieusement avoir pris une forme définitive.

"Tu es donc un jeune imbécile."

"Mais j'ai une excellente digestion."

"Tu n'y arriveras pas si tu commences à écrire. Croyez-moi sur parole, vous êtes un jeune imbécile. Vous ne savez pas dans quoi vous vous lancez, mon petit ami."

" Murger était-il un imbécile ?" » dit maladroitement Richard, déterminé à montrer une connaissance de « La Vie de Bohème ».

"Ha ! Nous lisons le français, n'est-ce pas ?"

Richard rougit. Le vieil homme s'est levé.

"Viens," dit-il d'un ton maussade. "Sortons de ce trou."

A la caisse, attendant de la monnaie, il parla à la caissière, une fille maigre aux cheveux brun-roux, qui toussa :

"As-tu essayé ces pastilles ?"

"Oh ! oui, merci. Ils ont bon *goût* ."

"Magnifique journée."

"Oui, ma parole, n'est-ce pas !"

Ils retournèrent au bureau dans un silence absolu ; mais au moment où ils entraient, M. Aked s'arrêta et prit Richard par le manteau.

"As-tu quelque chose de spécial à faire jeudi soir prochain ?"

"Non", dit Richard.

"Eh bien, je t'emmènerai dans un petit restaurant français à Soho et nous dînerons. Une demi-couronne. Pouvez-vous vous le permettre ?"

Richard hocha la tête.

"Et, dis-je, apportez quelques-uns de vos manuscrits, et je les écorcherai vifs pour vous."

CHAPITRE VI

Une brise inconstante et peu rafraîchissante, paresseuse d'impuretés accumulées, remuait les rideaux, et tous les bruits urbains – voix aiguës d'enfants qui jouaient, roulements de roues et trot rythmé de chevaux, cris de vendeurs de journaux et aboiements querelleurs de chiens – arrivaient par la rue. les fenêtres touchaient avec une certaine qualité langoureuse qui suggérait une ville fatiguée, une ville aspirant aux recoins humides des bois, au souffle désinfectant des sommets des montagnes et à la mer purificatrice.

Sur la petite table entre les fenêtres étaient posés une plume, de l'encre et du papier. Richard s'est assis pour devenir auteur. Depuis sa conversation avec M. Aked de la veille, il vivait en pleine impulsion d'écrire. Il discernait, ou croyait discerner, qu'il possédait le don littéraire, clé de sa vie récente. Cela expliquait notamment la passion pour la lecture qui l'avait envahi à dix-sept ans et son désir de venir à Londres, la patrie naturelle de l'auteur. Il était certes étrange que jusqu'ici il ait consacré très peu de réflexion sérieuse au sujet de l'écriture, mais heureusement il existait divers vers et fragments de prose éparpillés écrits à Bursley , et il se contentait d' y reconnaître les premiers mouvements tremblants d'un défunt. -ambition née.

La veille au soir, il s'était occupé de décider d'un sujet. Dans un journal du matin, il avait lu un article intitulé « Une île de sommeil », descriptif de Sercq ; il lui vint à l'esprit qu'un essai similaire sur Lichfield, la ville cathédrale dans le coma située à environ trente milles de Bursley , pourrait convenir à un magazine mensuel. Il connaissait bien Lichfield ; il avait l'habitude de le visiter depuis son enfance ; il l'aimait. En tant que thème plein d' opportunités pittoresques , il avait stimulé son imagination, jusqu'à ce que son cerveau semble surgir d'imaginations vagues mais belles. Dans la nuit, son sommeil avait été interrompu et plusieurs idées nouvelles lui étaient apparues. Et maintenant, après une journée d'attente agitée, le moment de la composition était arrivé.

Alors qu'il trempait sa plume dans l'encre, une soudaine appréhension de l'échec le surprit. Il l'écarta et écrivit d'une écriture audacieuse, plutôt soigneusement :

SOUVENIRS D'UNE VILLE DE SOMMEIL.

C'était sûrement un excellent titre. Il poursuivit : -

Sur le vieux pont de pierre, sous lequel les eaux claires et douces de la rivière se glissent au même rythme depuis des siècles, se tient seul un petit enfant. Il est tôt le matin, et l'horloge de la cathédrale tachée par le temps, qui élève ses nobles tours gothiques à peine à une centaine de mètres, sonne cinq heures, au son d'une alouette invisible au-dessus de nous.

Il s'assit pour réfléchir à la phrase suivante, regardant autour de lui la pièce comme s'il s'attendait à trouver les mots écrits sur le mur. L'une des photographies sous cadre doré était légèrement de travers ; il a quitté sa chaise pour la redresser ; plusieurs autres tableaux semblaient nécessiter des ajustements, et il les nivela tous avec une précision scrupuleuse. Les ornements de la cheminée n'étaient pas également équilibrés ; ceux-ci, il les a entièrement réorganisés. Puis, après avoir d'abord lissé un pli du couvre-lit, il se rassit.

Mais la plupart des belles idées dont il s'était persuadé étaient fermement à sa portée, lui échappaient maintenant, ou se présentaient tardivement sous une forme si obscure qu'elles étaient sans valeur, et les quelques utiles qui restaient défièrent toutes les tentatives visant à les mettre en ordre. Déçu par sa propre impuissance, il chercha l'article sur Sark et l'examina de nouveau. Certains organes littéraires hebdomadaires l'avaient éduqué à se moquer du journalisme de la presse quotidienne, mais il apparaissait que l'homme qui a écrit "Une île endormie" était au moins capable de s'exprimer avec clarté et fluidité, et possédait l'habileté de passer naturellement d'un aspect de son sujet à un autre. Cela semblait assez simple....

Il est allé à la fenêtre.

Le ciel était d'un ambre délicat, et Richard le regarda se transformer en rose, et du rose au bleu clair. Les becs à gaz s'éteignirent en succession rapide ; quelqu'un baissa le store d'une fenêtre en face de la sienne, et bientôt un profil de femme se dessina un instant dessus, puis disparut. Une mélodie sortit du pub, chantée sur un baryton rauque au rythme d'une guitare ; les cris des enfants qui jouaient avaient maintenant cessé.

En entrant soudain dans la pièce, il fut étonné de la trouver presque dans l'obscurité ; il ne distinguait que la blancheur des papiers sur la table.

Il n'était pas d'humeur à écrire ce soir. Certains hommes écrivaient mieux le soir, d'autres le matin. Il appartenait probablement à cette dernière classe. Quoi qu'il en soit, il se lèverait le lendemain matin à six heures et prendrait un nouveau départ. « Ce n'est qu'une question de pratique, bien entendu », dit-il à voix basse, réprimant un doute gênant. Il faisait une petite promenade et se couchait tôt. Petit à petit, sa confiance en lui est revenue.

Alors qu'il fermait la porte d'entrée, il y eut un bruissement de soieries et une passagère odeur de violette ; une femme était passée. Elle se tourna légèrement au bruit de la porte, et Richard aperçut un jeune et joli visage sous un large chapeau, un buste plein et mûr dont les contours séduisants étaient parfaitement dévoilés par un corsage serré, et deux petites mains blanches, dans l'un une paire de gants pendants, dans l'autre un parapluie. Il la dépassa et attendit au coin de chez Tattersall jusqu'à ce qu'elle le rattrape à nouveau. Maintenant, elle se tenait sur le trottoir à moins de six pieds de lui, fredonnant un air et souriant pour elle-même. Le parapluie se leva pour signaler un fiacre.

« L'Ottoman », l'entendit Richard dire à travers le toit de la cabine, le conducteur se penchant en avant, la main à l'oreille. Quelle voix d'enfant cela semblait, zozotant et naïf !

Le cocher fit un clin d'œil à Richard et donna doucement un petit coup à son cheval. En un instant, la cabine n'était plus que deux points rouges décroissants dans une multitude changeante de lumières.

Une heure après, il la vit sur la promenade du théâtre ; elle se tenait contre un pilier, les yeux fixés sur l'entrée. Lorsque leurs regards se croisèrent, elle pencha la tête un peu en arrière, comme quelqu'un qui regarde avec des lunettes au bout du nez, et montra les dents. Il s'assit près d'elle.

Bientôt, elle fit un signe de la main vers un homme qui entrait. Il paraissait avoir une trentaine d'années, avec de petits yeux clairs, des joues bronzées, une mâchoire lourde et une moustache brune bien taillée. Il était vêtu à la mode, mais pas en tenue de soirée, et il la salua sans lever son chapeau.

"Allons-nous prendre un verre ?" » suggéra-t-elle. "J'ai tellement soif."

"Pétiller?" » dit l'homme d'une voix traînante. Elle acquiesça.

Bientôt, ils sortirent ensemble, l'homme fourrant négligemment la monnaie d'un billet de cinq livres dans sa poche.

"Quelle est la différence entre lui et moi ?" Richard réfléchit en rentrant chez lui. "Mais attends un peu ; attends que j'aie..."

Lorsqu'il arriva chez lui, la méchanceté de la chambre, de ses vêtements, de son souper, lui donna la nausée. Il rêva qu'il embrassait la jeune fille ottomane et qu'elle zézayait : « Gentil garçon », après quoi il jeta une poignée de souverains sur ses genoux.

Le lendemain matin, à six heures, il travaillait à son article. En deux jours , il fut terminé et il l'avait expédié à un magazine mensuel, « accompagné d'une enveloppe timbrée adressée à son retour s'il ne convenait pas », conformément aux instructions éditoriales imprimées sous la table des matières dans chaque numéro. Le rédacteur en chef du "Trifler" a promis que tous les manuscrits ainsi soumis et écrits sur une seule face du papier seraient traités rapidement.

Il s'attendait à discuter de son travail avec M. Aked lors du dîner proposé, mais cela n'a pas eu lieu. Le matin après que l'arrangement eut été conclu, M.

Aked tomba malade et, quelques jours plus tard , il écrivit pour démissionner de son poste, disant qu'il avait de quoi vivre et qu'il se sentait « trop vénérable pour un travail régulier ».

Richard n'avait qu'un fragile espoir que "Une ville endormie" serait accepté, mais lorsque le troisième matin arriva et que le facteur n'apporta rien, son opinion sur l'article commença à grandir. Peut-être que cela avait du mérite, après tout ; il en rappelait certaines parties distinctement astucieuses et frappantes. Cet après-midi-là, se dépêchant de rentrer du bureau, il rencontra la fille de la propriétaire dans les escaliers et lui dit avec désinvolture :

« Des lettres pour moi, Lily ?

"Non monsieur." La jeune fille avait une jolie rougeur.

"Je prendrai quelques œufs pour le thé, si Mme Rowbotham en a."

Il est resté chez lui le soir, en attendant la dernière livraison, qui a eu lieu vers 9h30. Les doubles coups du facteur étaient audibles à dix ou douze maisons de là. Richard l'entendit enfin monter les marches du numéro 74, et alors son coup de rat-tat fit trembler la maison. Un petit bruit sourd sur le parquet nu du hall semblait indiquer un colis plus lourd qu'une lettre ordinaire.

De même que, lorsqu'un homme se noie, les mauvaises actions de toute une vie se présentent à lui en un éclair épouvantable, de même, à ce moment-là, tous les défauts, les grossièretés désespérées de "Une Cité du Sommeil" se sont présentés à Richard. Il s'interrogeait sur sa propre fatuité en imaginant un seul instant que l'article avait la moindre chance d'être accepté. N'était-il pas notoire que des auteurs célèbres avaient écrit assidûment pendant des années sans vendre un seul vers !

Lily entra avec le plateau du dîner. Elle souriait.

"Un travail chaleureux, hein, Lily ?" » dit-il, sachant à peine qu'il parlait.

"Oui, monsieur, il fait si chaud dans la cuisine que vous ne le croiriez pas." Posant le plateau, elle lui tendit une enveloppe format papier, et il vit sa propre écriture comme dans un rêve.

"Pour moi?" murmura-t-il négligemment, et il posa la lettre sur la cheminée. Lily prit ses commandes pour le petit-déjeuner et, avec un « Bonne nuit, monsieur » aimable et timide, quitta la pièce.

Il ouvrit l'enveloppe. Dans le pli de son manuscrit se trouvait une feuille du meilleur papier à lettres crème portant ces mots en cuivre fluide : « L'éditeur présente ses compliments à M. Larch [écrit] et regrette de ne pouvoir utiliser l'article ci-joint, car l'offre dont il est très reconnaissant.

La vue de cette circulaire, avec les bureaux du magazine illustrés en haut, et la notification dans le coin gauche selon laquelle toutes les lettres doivent être adressées au rédacteur en chef et non à aucun membre du personnel individuellement, ont été mystérieusement atténuées. La déception de Richard. Peut-être que le réconfort résidait dans l'assurance tangible que cela lui donnait qu'il était désormais réellement *un aspirant littéraire* et qu'il avait des communications, aussi mortifiantes soient-elles, avec *la presse* .

Il lut la circulaire encore et encore pendant le dîner et décida de réécrire l'article. Mais cette résolution n'a pas été mise en œuvre. Il ne put même pas se résoudre à le parcourir, et finalement il fut envoyé à un autre magazine exactement tel quel.

Richard avait décidé de ne rien dire au bureau de ses écrits jusqu'à ce qu'il puisse produire un article imprimé avec son nom en bas de page ; et souvent, ces derniers jours, il avait l'eau à la bouche en anticipant la douceur de ce triomphe. Mais le lendemain, il ne put s'empêcher de montrer à Jenkins le billet du « Trifler ». Jenkins a semblé impressionné, surtout lorsque Richard lui a demandé de traiter l'affaire de manière confidentielle. Une sorte d'amitié s'établit entre eux et se renforça au fil du temps. Richard se demandait parfois comment cela s'était produit exactement et pourquoi cela continuait.

CHAPITRE VII

Albert Jenkins avait dix-neuf ans et vivait avec ses parents et sept frères et sœurs à Camberwell ; son père dirigeait une buvette dans Oxford Street. Il était au service de MM. Curpet et Smythe depuis sept ans, d'abord comme jeune employé de bureau, puis comme garçon de bureau principal et enfin comme jeune commis à la sténographie. Il était de taille moyenne, avec une poitrine peu profonde et des bras et des jambes minces. Ses pieds étaient très petits – il en faisait souvent mention avec une franche complaisance – et étaient toujours chaussés de bottes bien ajustées, faites à la main et brillamment polies. Le reste de sa tenue était moins remarquable par sa propreté ; mais, par moments, l'ambition d'être distingué le possédait, et pendant ces périodes récurrentes, la belle tenue de ses ongles gênait quelque peu la routine officielle. Il portait son chapeau soit à l'arrière de sa tête, soit penché presque sur l'arête de son nez. Dans les rues, il marchait généralement avec une délibération posée, les mains enfoncées dans les poches, les yeux baissés et un sourire énigmatique sur ses lèvres fines.

Son visage était d'un teint jaune pâle juste teinté de rouge, et il ne rougit jamais ; son cou était d'un jaune plus foncé. Dans l'ensemble, ses traits étaient réguliers, sauf la bouche, qui était grande et saillante comme celle d'un singe ; ses yeux étaient gris, avec un regard hardi, qu'on prenait souvent pour de l'insolence.

Compte tenu de son âge, Jenkins était une personne très accomplie, dans certaines directions. Sur toutes les questions liées au courrier et aux revenus intérieurs de Sa Majesté, aux tarifs des taxis, aux lignes d'autobus et aux chemins de fer locaux, aux « grandes lignes de Pitman » et à la pratique de chambre à la Chancellerie, il était une autorité incontestée. Il connaissait les adresses de plusieurs centaines d'avocats de Londres, la localité de presque toutes les rues et places dans un rayon de quatre milles et, dans les mêmes limites, la distance approximative d'un endroit donné à un autre endroit donné.

Il était le meilleur joueur de billard du bureau et avait déjà réussi un break de 49 points ; ce jeu était son seul passe-temps. Il jouait régulièrement sur les courses de chevaux, recourant à un certain nombre de bookmakers, mais sans gagner ni perdre de manière appréciable ; pas moins de trois jockeys lui permettaient occasionnellement de jouir de leur compagnie, et il ne manquait jamais d'un pourboire d'écurie.

Mais son passe-temps particulier était la restauration. Il consacrait la moitié de ses revenus à l'alimentation et près de la moitié de ses heures de veille, soit à décider ce qu'il devait consommer, soit à boire et à mâcher. Il avait personnellement testé les mérites de chaque bar et buvette du quartier du Palais de Justice, depuis Lockhart jusqu'à Gatti , et il discourait pendant des heures sur leurs vertus et leurs défauts respectifs. Aucun restaurant n'était trop mesquin pour son patronage, ni trop splendide ; plusieurs jours de suite, il dînait d'un verre d'eau et d'un biscuit de capitaine au fromage, afin d'accumuler des ressources pour un repas délicat dans un des établissements dorés où les riches ont coutume de se nourrir ; et il avait acquis de son père une quantité de connaissances curieuses, jetant la lumière sur les secrets du commerce des rafraîchissements, qui lui permettaient de dépenser au mieux l'argent ainsi péniblement amassé.

Jenkins était un cockney et le descendant des cockneys ; il conversait toujours avec volubilité dans le dialecte de Camberwell ; mais de même qu'il était sujet à des attaques de modération, de même il tentait parfois de se débarrasser de son accent, sans succès bien entendu. Il jurait habituellement et ne faisait preuve d'aucune réticence, sauf en présence de ses employeurs et de M. Alder, le directeur. En réponse rapide et efficace , il était le pair des cochers, et rien ne pouvait l'effrayer. Ses sujets de discussion favoris étaient les restaurants, comme nous l'avons mentionné plus haut, le billard, le gazon et les femmes, qu'il qualifiait habituellement de « tartes ». Il avait l'habitude de se qualifier de « diable pour les filles », et lorsque M. Alder l'accusait de manière ludique d'aventures avec des femmes de petite vertu, sa joie était sans limite.

Il y avait des moments où Richard détestait Jenkins, où l'atmosphère grossière et grincheuse qui accompagnait la présence de Jenkins le nauséait, et où la solitude totale à Londres semblait préférable à la compagnie du garçon ; mais ceux-ci passèrent et l'intimité prospéra. Jenkins, en effet, avait ses grâces ; il était d'une nature extrêmement généreuse, et son admiration pour la profonde érudition littéraire qu'il imaginait que Richard possédait était naïve et non dissimulée. Son esprit agile, son usage pittoresque de l'argot, sa facilité à jurer de nouveau et, par-dessus tout, sa connaissance exacte des chemins et des recoins de la vie londonienne, le dotaient, aux yeux inhabituels de Richard, d'un certain attrait spécieux. De plus, le fait qu'ils partageaient la même chambre et accomplissaient des tâches similaires rendait les relations familières entre eux naturelles et nécessaires. Richard n'a eu envie de s'associer à aucun autre membre du personnel. Les stagiaires, quoique courtoisement agréables à tout le monde, formaient une coterie exclusive ; et pour le reste, ils étaient soit vieux, soit ennuyeux, ou les deux. Il se demandait souvent s'il devait rechercher M. Aked , qui était maintenant rétabli et qui, malheureusement en l'absence de Richard, était venu une fois au bureau ; mais finalement il décida timidement que l'étendue de leur connaissance ne le justifierait pas.

"Où allons-nous déjeuner aujourd'hui ?" C'était presque la première question que Richard et Jenkins se posaient dans la matinée, et une discussion prolongée s'ensuivrait. Ils appelaient le repas « déjeuner », mais c'était en réalité leur dîner, même si aucun d'eux ne l'a jamais admis.

Jenkins avait une prédilection pour les grillades, où des côtelettes et des steaks crus étaient disposés sur d'énormes plats, et où chaque client choisissait sa propre viande et surveillait sa cuisson. Un steak tendre et parfaitement cuit, avec des pommes de terre au four et une demi-pinte de stout, était son repas idéal, et il déplorait continuellement qu'aucun restaurant à Londres n'offrait une telle joie au prix d'un shilling et trois pence, y compris le serveur . Les établissements bon marché n'étaient jamais satisfaisants et Jenkins ne les fréquentait que lorsque l'état de sa bourse ne lui laissait aucune alternative. En compagnie de Richard , il visita chaque nouveau restaurant qui faisait son apparition, dans l'espoir de trouver le restaurant de ses rêves, et même si chacun était décevant, la recherche continuait néanmoins. L'endroit qui correspondait le plus à ses désirs était le « Sceptre », une salle basse et sombre entre le palais de justice et la rivière, utilisée par des clercs aisés et une poignée de jeunes avocats. Ici, allongés luxueusement sur des sièges en peluche rouge, et devant un grand grill argenté, tous deux passèrent de nombreuses heures de déjeuner, mangeant lentement, avec un plaisir grossier et sensuel, et secrètement exaltés par la proximité d'hommes plus âgés et plus prospères que eux-mêmes, qu'ils ont rencontrés sur un pied d'égalité.

Richard a suggéré un jour qu'ils devraient essayer l'un des restaurants français de Soho mentionnés par M. Aked .

"Pas moi!" dit Jenkins en réponse. "On ne me surprend plus à aller dans ces magasins Parley- Voo . J'y suis allé une fois. Ils vous font beaucoup de petits dégâts, simulés à partir des assiettes sales d'hier, et après en avoir mangé une demi-douzaine, vous n'en avez plus . Je ne me sens pas un peu plus rassasié. Donnez-moi un steak et une pomme de terre. J'aime savoir ce que je mange.

Il détestait tout autant les restaurants végétariens, mais un jour, pendant une période de dépression financière, il accepta d'accompagner Richard, qui connaissait assez bien l'endroit, au "Crabtree" à Charing Cross Road, et bien qu'il se plaignait ouvertement du manque de substance du dîner à trois plats *à la carte* qu'on pouvait obtenir pour six pence, il n'eut aucune difficulté, par la suite, à y dîner chaque fois que la prudence exigeait la plus étroite économie.

Un air de fraîcheur et d'inconfort imprégnait le Crabtree, et l' odeur mêlée de lentilles et de pudding aux raisins secs remplissait chaque recoin. Les tables étaient étroites et les chaises inflexibles. Les clients étaient pour les plus excentriques quant à leur tenue vestimentaire et à leur attitude ; ils avaient le visage pâle et, pendant leurs repas mélancoliques, parcouraient des volumes manifestement instructifs, ou débattaient des sujets du jour dans des conversations platitudines, sans un seul serment. Les jeunes femmes dont l'apparence personnelle était négligeable venaient en grand nombre, et soit riaient entre elles sans retenue, soit restaient assises droites et regardaient les hommes d'une manière qui intimidait même Jenkins. Les serveuses manquaient de compréhension et semblaient détester même les avances les plus courtoises.

Un jour, alors qu'ils commençaient le dîner, Jenkins attira avec empressement l'attention de Richard sur la jeune fille à la caisse. "Tu vois cette fille ?" il a dit.

« Et elle ? C'est une nouvelle ?

"Eh bien, c'est la tarte que recherchait le vieil Aked ."

« Était-elle dans ce magasin ABC du Strand ? dit Richard, qui commençait à se souvenir des traits de la jeune fille et de ses cheveux châtain roux .

"Oui, c'est elle. Avant d'être à l'AB C. , elle était caissière dans ce restaurant de bœuf bouilli en face du Tribunal, mais on dit qu'elle a été licenciée pour avoir trop parlé aux clients. Elle et Aked étaient alors très proches, et il y allait tous les jours. Je suppose que ses fréquentations interféraient avec les affaires.

"Mais il est assez vieux pour être son père !"

"Oui. Il aurait dû avoir honte de lui-même. Elle n'est pas une mauvaise espèce, hein ?"

« Il n'y avait vraiment rien entre eux, n'est-ce pas ?

" *Je* ne sais pas. Il y en a peut-être eu. Il l'a suivie à l'ABC et je pense qu'il l'a parfois ramenée à la maison. Elle s'appelle Roberts. Nous avions l'habitude de lui parler d'elle – c'est un plaisir rare. "

Cette histoire agaçait Richard, car son court *tête-à-tête* avec M. Aked était resté dans son esprit comme un souvenir agréable, et même s'il savait que le vieil homme avait été traité avec peu de respect par les jeunes du bureau, il avait pris l'habitude de le considérer mentalement avec admiration, comme un représentant de la littérature. Cet attachement à un caissier de restaurant, manifestement dépourvu de raffinement et d'intelligence, ne correspondait guère à son appréciation du journaliste qui avait parlé à Carlyle.

Pendant le repas, il regarda subrepticement la jeune fille à plusieurs reprises. Elle était plus rebondie qu'avant et sa toux semblait guérie. Son visage était agréable et, sans doute, elle avait une magnifique coiffure.

Lorsqu'ils présentèrent leurs chèques, Jenkins s'inclina maladroitement et elle sourit. Il a juré à Richard que la prochaine fois il lui mentionnerait le nom de M. Aked . Le vœu a été rompu. Elle était prête à échanger des civilités, mais ses manières indiquaient avec suffisamment de clarté qu'une ligne devait être tracée.

La semaine suivante, lorsque Richard se trouva seul au Crabtree, à une heure plus tard que d'habitude, ils eurent une assez longue conversation.

« Est-ce que M. Aked est toujours à votre bureau ? » demanda-t-elle en regardant ses livres de comptes.

Richard a dit ce qu'il savait.

"Oh!" dit-elle, je le voyais souvent et il me donnait des pastilles qui me guérissaient d'une mauvaise toux. Un bon vieux, n'est-ce pas ?

"Oui, je le pense," acquiesça Richard.

"Je pensais que je demanderais simplement, car je ne l'avais pas vu depuis longtemps."

"Bon après-midi, Miss Roberts."

"Bon après-midi—Monsieur——"

"Mélèze."

Ils rirent tous les deux.

Une dispute insignifiante avec Jenkins, quelques jours plus tard, révéla que ce chasseur de bars avait un caractère maussade et que son mécontentement, une fois éveillé, tardait à disparaître. Richard dîna de nouveau seul au Crabtree, et après une autre petite conversation avec Miss Roberts, ayant du temps à sa disposition, il se rendit à la bibliothèque publique de St. Martin's Lane. Dans une revue à demi-couronne, il vit un article d'un écrivain de grande renommée, intitulé « Aux aspirants littéraires », qui prétendait démontrer que la maîtrise de l'art des mots ne pouvait être atteinte que par un cours régulier d'exercices techniques ; la nature de ces exercices a été décrite en détail. Il y avait des références au travail incessant de Flaubert, de Maupassant et de Stevenson, ainsi que des extraits choisis pour illustrer le lent passage de ce dernier auteur de l'incompétence inspirée à la maîtrise sereine et parfaite devant laquelle fondaient toutes les difficultés. Après avoir affirmé sans réserve que tout homme — lentement s'il n'a pas de talent, rapidement s'il est doué par la nature — peut, avec une application déterminée, apprendre à écrire finement, l'essayiste conclut en remarquant que jamais auparavant dans l'histoire de la littérature les jeunes auteurs n'avaient été dans une situation aussi favorable qu'à l' époque . ce présent. Enfin vint la maxime : *Nulla dies sine linea* .

L'enthousiasme refroidissant de Richard pour les lettres s'enflamma. Il n'avait rien écrit depuis plusieurs semaines, mais cette nuit-là, il le vit désespérément au travail. Il profita de la querelle pour rompre tout sauf les liens les plus formels avec Jenkins, dîna toujours frugalement au Crabtree et passa toutes ses soirées dans son logement. La pensée d'Alphonse Daudet écrivant "Les Amoureuses " dans une mansarde parisienne l'a soutenu pendant un mois entier de labeur, pendant lequel, en plus de pratiquer assidûment les exercices recommandés, il a écrit une nouvelle complète et a commencé plusieurs essais. À peu près à cette époque, sa "Cité du Sommeil" lui fut restituée dans un état si sale et en lambeaux qu'il fut poussé à la brûler. La nouvelle était proposée quotidiennement une soirée et n'en entendait plus jamais parler.

Il lui vint à l'esprit qu'il possédait peut-être un certain talent pour la critique dramatique, et un samedi soir, il se rendit à la première représentation d'une pièce au théâtre Saint-Georges. Après avoir attendu une heure dehors, il a obtenu une place dans la dernière rangée de la fosse. Avec impatience, il regardait les critiques prendre place dans les gradins ; ils bavardaient nonchalamment, souriant et saluant de temps en temps des connaissances dans les loges et dans le cercle vestimentaire ; la salle était excitée et bavarde, et Richard découvrit que presque tout le monde autour de lui avait l'habitude d'assister aux premières soirées et avait une connaissance intime du *personnel* de la scène. A travers le bourdonnement des voix , l'ouverture de « Rosamund » lui parvenait par intermittence. Pendant des mesures entières, la musique se perdait ; puis une note marquante attira l'oreille, et la mélodie redevint audible jusqu'à ce qu'une autre vague de conversation l'engloutisse.

La conclusion du dernier acte fut accueillie par des applaudissements frénétiques, des battements de bâtons et des cris inarticulés, tandis qu'au-dessus du bruit général se faisait entendre le monosyllabe répété « 'thor , ' thor ». Après ce qui parut un délai interminable , le rideau fut tiré d'un côté et un homme de grande taille en tenue de soirée, le visage d'une blancheur mortelle, s'avança devant la rampe et s'inclina plusieurs fois ; le bruit s'élevait jusqu'à un rugissement tonitruant, dans lequel se distinguaient des hurlements et des sifflements. Richard trembla de la tête aux pieds et, inexplicablement, les larmes lui montèrent aux yeux.

Toute la soirée du dimanche et du lundi fut consacrée à rédiger une analyse détaillée et une appréciation de la pièce. Mardi matin, il acheta un hebdomadaire qui consacrait une attention particulière au drame, afin de comparer son propre point de vue avec celui d'une autorité reconnue, et constata que la production avait été rejetée en dix lignes brèves comme de simples bêtises aimables.

Quelques jours après, M. Curpet lui offrit le poste de caissier au bureau, au salaire de trois livres par semaine. Ses revenus furent exactement doublés et les déceptions d'un auteur infructueux cessèrent soudain de le troubler. Il commença à douter de la sagesse de poursuivre toute tentative vers la littérature. N'était-il pas clair que ses talents étaient orientés vers les affaires ? Néanmoins une grande partie de ses liquidités était consacrée à l'achat de livres, principalement les productions de quelques vieilles presses continentales célèbres, qu'il avait récemment appris à évaluer. Il prépara un programme pour s'instruire dans les langues classiques et en français, et la pratique de l'écriture fut abandonnée pour laisser place à la poursuite de la culture. Mais la culture s'est révélée timide et insaisissable. Il ne suivait aucun programme d'études régulier et, bien qu'il lisait beaucoup, ses progrès vers la connaissance étaient presque imperceptibles.

D'autres distractions se présentaient sous la forme de musique et de peinture. Il découvre qu'il n'est pas sans goût critique dans ces deux arts et devient un habitué des concerts et des galeries de tableaux. Il a acheté un piano selon le système de location-vente et a suivi des cours. De cette manière et d'autres encore, ses dépenses augmentèrent jusqu'à engloutir le revenu de trois livres par semaine qu'il considérait peu de temps auparavant comme quelque chose qui ressemblait beaucoup à une richesse. Pendant plusieurs semaines, il ne fit aucun effort pour redresser la balance, jusqu'à ce que ses dettes approchent la somme de vingt livres, dont près de la moitié était due à sa logeuse. Il a dû traverser plus d'une scène humiliante avant qu'une ère d'économie ne s'installe.

Un après-midi, il reçut un télégramme lui annonçant que William Vernon était décédé subitement. C'était signé "Alice Clayton Vernon". Mme Vernon était la belle-cousine de William, et Richard, à qui elle n'avait parlé qu'une seule fois, peu après le mariage de Mary, la regardait avec respect ; il ne l'aimait pas parce qu'il lui était impossible d'être à l'aise en sa présence imposante. En entrant dans la chambre de M. Curpet pour demander un congé, son seul sentiment était l'agacement à l'idée de devoir la revoir. La mort de William, à son grand étonnement, ne l'a guère affecté.

M. Curpet lui accorda volontiers deux jours de congé et il s'arrangea pour se rendre à Bursley la nuit suivante pour les funérailles.

CHAPITRE VIII

Las de rester assis, Richard plia son pardessus en guise d'oreiller, le mit sous sa tête et s'étendit sur le bois jaune ciré. Mais en vain ses yeux étaient-ils fermés. Le sommeil ne venait pas, même s'il bâillait sans cesse. Le battement monstrueux du moteur, le cliquetis rapide des vitres et le grincement des roues se fondaient en une résonance fantastique qui occupait tous les coins de la voiture et envahissait son crâne jusqu'au crâne. Puis un léger claquement sur le toit, un de ces bruits mystérieux qui font d'un compartiment d'un train de nuit une chambre hantée, fit taire momentanément tout le reste, et il regretta de n'avoir pas été seul.

Se levant brusquement, il chassa toute idée de sommeil et baissa la fenêtre. Il faisait nuit noire ; de vagues formes changeantes, qui auraient pu être des arbres ou de simples fantaisies de l'œil tâtonnant, se dessinaient à une courte distance ; loin devant, le moteur brillait sourdement, et derrière, la lampe du garde scintillait... Quelques secondes plus tard, il referma la fenêtre, glacé jusqu'aux os, alors que le mois de mai touchait à sa fin.

L'idée lui vint qu'il était désormais solitaire sur la surface de la terre. Qu'il fasse le mal ou le bien ne concernait aucune personne vivante. S'il voulait se ruiner, s'abandonner aux impulsions les plus ignobles, il n'y avait personne pour le retenir, pas même un beau-frère. Depuis plusieurs semaines, il s'inquiétait de son avenir, craignant d'y faire face. Certes , Londres le satisfaisait, et le charme d'y vivre n'avait pas sensiblement diminué. Il se réjouissait de Londres, de ses panoramas, de ses boutiques, de ses foules incessantes, de son immensité, de sa méchanceté ; chaque rêve rêvé à Londres dans son enfance était devenu réalité ; et plus sûr que jamais il avait la conscience qu'en allant à Londres il avait accompli sa destinée. Pourtant, il lui manquait quelque chose. Sa confiance en ses propres capacités et en son propre caractère était ébranlée. Près d'un an s'était écoulé et il n'avait fait aucun progrès, sauf au bureau. Les résolutions étaient constamment rompues ; cela faisait trois mois qu'il n'avait pas envoyé d'article à un journal. Il n'avait même pas suivi de programme d'études précis et, bien que sa connaissance de la fiction française moderne se soit élargie, il ne pouvait se targuer d'aucune érudition exacte, même dans ce domaine piquant. Soir après soir, ah ! ces longues soirées éclairées par des lampes qui devaient être consacrées à un effort acharné ! — était gaspillé en de mesquines banalités, tantôt en compagnie de quelque connaissance occasionnelle, tantôt seul. Il n’avait en aucun cas saisi toute la portée et l’étendue de cette régression ; cela commençait simplement à perturber son autosatisfaction et peut-être, même légèrement, son sommeil. Mais maintenant, se précipitant aux funérailles de William Vernon, il se moquait paresseusement de lui-même pour avoir laissé sa tranquillité d'esprit être troublée. Pourquoi s'embêter à « monter » ? Qu'importe ?

Il n'éprouvait encore que peu de chagrin à la mort de Vernon. Son affection pour cet homme s'était étrangement estompée. Durant les neuf mois qu'il avait vécu à Londres, ils ne s'étaient presque pas écrit, et Richard considérait le long voyage pour assister aux obsèques de William comme une ennuyeuse concession aux convenances.

Telle était sa véritable attitude, s'il avait pris la peine de l'examiner.

Vers quatre heures, il faisait tout à fait clair et le soleil levant sortit Richard d'une brève somnolence. La rosée gisait au creux des champs, mais ailleurs il y avait une clarté douce et fraîche qui donnait aux incidents communs du paysage volant une beauté nouvelle et virginale, comme si cela eût été le matin de la création elle-même. Le bétail remuait et se tournait pour regarder le train qui passait.

Richard rouvrit la fenêtre. Son humeur avait changé et il se sentait déraisonnablement joyeux. Hier soir, il avait été trop pessimiste. La vie était encore devant lui, et suffisamment de temps pour rectifier les indiscrétions dont il aurait pu se rendre coupable. L'avenir lui appartenait, il pouvait l'utiliser à sa guise. Pensée magnifique et consolante ! Ému par une association symbolique d'idées, il passa la tête par la fenêtre et regarda dans la direction du mouvement du train. Une chaumière se dressait seule au milieu d'innombrables prairies ; alors qu'il traversait son champ de vision, la porte s'ouvrit et une jeune femme sortit avec un seau vide balançant dans sa main gauche. Apparemment, elle aurait environ vingt-sept ans, rondelette, robuste et droite. Ses cheveux étaient dénoués autour de son visage rond et content, et de sa main dégagée elle se frottait les yeux, encore gonflés et lourds de sommeil. Elle portait une robe rose imprimée dont le corsage était dégrafé, révélant un sous-vêtement blanc et les riches hémisphères de sa poitrine. En un instant, la scène fut masquée par une courbe de la ligne, et la succession interminable des champs reprit, mais Richard eut le temps de deviner à sa silhouette que cette femme était la mère d'une petite famille. Il imaginait son mari encore inconscient dans le lit tiède qu'elle venait de quitter ; il vit même l'empreinte de sa tête sur l'oreiller et une longue chemise de nuit jetée à la hâte sur une chaise.

Il fut profondément et indescriptiblement touché par cette suggestion d'un amour conjugal paisible dans une si grande solitude. La femme, son hypothétique mari et ses enfants n'étaient que des paysans, leur vie était probablement étroite et leur intelligence endormie, mais ils éveillaient en lui un sentiment d'envie qui envahit son cerveau et asphyxiait pour un moment sa pensée.

Plus tard , le train a ralenti en traversant une gare de triage. La vapeur du léger moteur de manœuvre s'élevait avec la délicatesse d'un nuage dans l'air clair, et un bref sifflement occasionnel semblait avoir quelque chose de la qualité d'un chant d'oiseau. Les hommes avec leurs longues perches se déplaçaient allègrement parmi le mélange de rails, se faisant signe par des mouvements de bras. Les chaînes d'accouplement sonnaient avec un tintement joyeux et géant, et lorsque le moteur arrêtait son chargement de wagons , et qu'un choc métallique intelligent, un choc, un choc se propageait *diminuendo* de wagon en wagon , on aurait pu imaginer qu'un jeu de Léviathan était joué. Richard oublia la fille au seau et s'endormit peu après.

A six heures, le train arriva à Knype , où il dut changer. Deux femmes avec plusieurs enfants descendirent également, et il remarqua combien leurs visages étaient blancs et fatigués ; les enfants bâillaient pitoyablement. Un vent glacial et scrutateur soufflait dans la station ; la joie de vivre de l'aube avait disparu, et un esprit de malheur et de désastre total planait sur tout. Pour la première fois, la mort de William le toucha réellement.

Les rues de Bursley étaient presque vides alors qu'il traversait la ville depuis la gare, car la population industrielle travaillait déjà dans les manufactures et les magasins n'étaient pas encore ouverts. Pourtant, Richard évitait les artères principales, choisissant un itinéraire détourné de peur de rencontrer par hasard une connaissance. Il prévoyait l'inévitable dialogue banal :

"Eh bien, que trouves-tu Londres ?"

"Oh, c'est bon !"

« Tout va bien ?

"Oui merci."

Et puis l'effort de deux personnes qui s'ennuient secrètement pour poursuivre une conversation superficielle sans l'aide d'un seul intérêt mutuel.

Une voiture s'éloignait de la Maison Rouge au moment où Richard l'apercevait ; il fit un signe de tête au vénérable cocher, qui toucha gravement son chapeau. Le propriétaire de la voiture était M. Clayton Vernon, cousin de William et échevin de Bursley , et Richard a supposé que Mme Clayton Vernon s'était chargée de la responsabilité des lieux jusqu'à la fin des funérailles. Il tremblait à l'idée de passer une journée entière en compagnie de ces gens excellents, que William avait toujours évoqués avec un sourire, et pourtant non sans beaucoup de respect. Les Clayton Vernons étaient le principal pilier de la respectabilité dans la ville ; riche, strictement religieux, philanthropique et surtout digne. Tout le monde les admirait instinctivement, et s'ils n'avaient eu qu'un seul vice entre eux, ils auraient été aimés.

Mme Clayton Vernon elle-même a ouvert la porte. C'était une femme majestueuse d'un âge moyen avancé, aux manières suaves et impérieuses.

« J'ai laissé Clayton prendre son petit déjeuner tout seul, » dit-elle en conduisant Richard dans le salon ; "Je pensais que vous aimeriez que quelqu'un ici vous accueille après votre long voyage de nuit. Le petit-déjeuner sera prêt presque directement. Comme vous devez être fatigué ! Clayton a dit que c'était dommage que vous veniez par le train de nuit, mais bien sûr, c'est assez c'est vrai que vous devez déranger le moins possible vos employeurs, tout à fait vrai. Et nous vous admirons pour cela. Maintenant, allez-vous courir à l'étage et vous laver ? Vous n'avez pas oublié le chemin ? ... "

Les détails des funérailles avaient été réglés par M. Clayton Vernon, qui était le principal pleureur, et Richard n'avait rien d'autre à faire que de se conformer à des plans préconcertés et de répondre convenablement lorsqu'on lui parlait. Cet arrangement était satisfaisant dans la mesure où il le déchargeait de tâches qui auraient été ennuyeuses, mais à peine satisfaisantes pour son orgueil. Il avait vécu presque toute sa vie dans cette maison et connaissait peut-être le mort plus intimement que quiconque était présent. Cependant, il trouva commode de s'effacer.

Le soir, il y eut un thé élaboré auquel étaient présents les Clayton Vernon et le ministre qui avait présidé les funérailles. Le ministre et l'échevin partirent immédiatement après pour assister à une réunion, et lorsqu'ils furent partis, Mme Clayton Vernon dit :

"Maintenant, nous sommes tous seuls, Richard. Va dans le salon et je te suivrai. Je veux discuter avec toi."

Elle est arrivée avec une aiguille, du fil et des ciseaux.

"Si tu veux bien enlever ton manteau, je recoudrai ce bouton qui ne tient qu'à un fil. Je l'ai remarqué ce matin, et puis ça m'est devenu complètement fou. Je suis vraiment désolé !"

"Oh merci!" il rougit vivement. "Mais je peux me recoudre, tu sais—"

"Viens, tu n'as pas besoin d'avoir peur qu'une vieille femme te voie en manches de chemise. Fais ce que je te demande."

Il ôta le manteau.

"J'aime toujours que les jeunes hommes soient impeccablement soignés", dit-elle en coupant un morceau de coton. "Le caractère personnel est un indice du caractère d'une personne, n'est-ce pas ? Bien sûr que oui. Tiens , enfilemoi l'aiguille. J'ai bien peur que, depuis la mort de ta chère sœur, tu sois devenue un peu insouciante, hein ? Elle était *très* particulière. Ah ! quelle mère elle a été pour toi !

"Oui," dit Richard.

"J'ai été très peiné de te voir aller à l'enterrement avec un chapeau souple - Richard, vraiment. Ce n'était pas respectueux pour la mémoire de ton beau-frère."

"Je n'y avais jamais pensé. Vous voyez, j'ai commencé un peu précipitamment." Le fait était qu'il n'avait pas de chapeau en soie et qu'il ne pouvait pas facilement se permettre d'en acheter un.

"Mais tu *devrais* y réfléchir, mon cher garçon. Même Clayton a été choqué. Est-ce que ce sont tes plus beaux vêtements ?"

Richard a répondu que oui. Il protesta timidement en disant qu'il ne se souciait jamais des vêtements.

Il y eut un silence, brisé par ses coutures régulières. Elle lui tendit enfin le manteau et l'aida à l'enfiler. Il se dirigea vers le vieux canapé vert et, à son grand désarroi, elle s'assit à ses côtés.

"Richard", commença-t-elle d'une voix changée, douce et non sans émotion, "sais-tu que nous attendons de grandes choses de ta part ?"

"Mais tu ne devrais pas. Je suis une personne très ordinaire."

"Non, non. Ce n'est pas le cas. Dieu vous a donné de grands talents et vous devez les utiliser. Le pauvre William disait toujours que vous étiez très doué et que vous pouviez faire de grandes choses."

"Pourrait!"

"Oui, si tu essayais."

"Mais en quoi suis-je doué ? Et quelles 'grandes choses' sont attendues ?" » a-t-il demandé, cherchant peut-être d'autres révélations flatteuses.

"Je ne peux pas répondre à cela", a déclaré Mme Clayton Vernon ; "C'est à vous de répondre. Vous avez donné à tous vos amis l'impression que vous feriez quelque chose qui en valait la peine. Vous avez suscité des espoirs et vous ne devez pas les décevoir. Nous croyons en vous, Richard. C'est tout ce que je peux dire. "

" C'est très bien, mais... " Il s'arrêta et joua avec le sceau de sa chaîne de montre. "Le fait est que je travaille, vous savez. Je veux être auteur, au moins journaliste."

"Ah!"

« C'est une affaire lente — au début — » Soudain poussé à rester confidentiel, il continua en lui racontant un récit incomplet et judicieusement édité de sa vie au cours de l'année écoulée.

"Vous m'avez grandement soulagé l'esprit, et Clayton en sera très heureux. Nous commencions à penser..."

"Pourquoi est-ce que tu commençais à réfléchir ?"

"Eh bien, peu importe maintenant."

"Mais pourquoi?"

" Peu importe. J'ai pleinement confiance en vous et je suis sûr que vous vous en sortirez. Pauvre garçon, vous n'avez plus de relations proches ni de parents maintenant ? "

"Non Aucun."

"Vous devez nous considérer Clayton et moi-même comme des parents très proches. Nous n'avons pas d'enfants, mais nos cœurs sont grands. Je m'attendrai à ce que vous m'écriviez de temps en temps et que vous veniez rester avec nous de temps en temps."

CHAPITRE IX

Au centre de la salle de lecture du British Museum sont assis quatre hommes entourés d'un quadruple anneau de volumes encombrants qui sont un index de toutes les connaissances du monde. Les quatre hommes connaissent ces volumes comme un bon coursier connaît le Continental Bradshaw, et tout au long de la journée, depuis le petit matin, lorsque les préposés, automoteurs sur des tabourets à roulettes, courent autour des anneaux en arrangeant et en alignant les énormes tomes bleus, jusqu'à la fin de l'après-midi. , quand l'immense dôme est comme une nuit noire et que les lampes à arc sifflent et crépitent dans le silence, ils répondent aux questions, patiemment, courtoisement ; ils sont rarement embarrassés et moins rarement en tort.

Rayonnant en longues rangées depuis la forteresse centrale du savoir, une troupe diversifiée de lecteurs se dispose : évêques, hommes d'État, hommes de science, historiens, pédants nécessiteux, auteurs populaires dont les voitures attendent dans l'enceinte, journalistes, étudiants en médecine, étudiants en droit, des curés, des hackers, des femmes aux cheveux coupés et au tablier noir, des oisives ; tous myopes et tous silencieux.

De temps en temps, un fonctionnaire entre à la tête d'un groupe de visiteurs terrifiés et murmure machinalement la formule immuable : « Quatre-vingt mille volumes dans cette seule salle : trente-six milles d'étagères dans le musée en tout. Alors les visiteurs regardent autour d'eux, le fonctionnaire s'efforce en vain de ne pas laisser paraître que le crédit de l'affaire lui appartient entièrement, et le groupe se retire de nouveau.

Des bruits vagues et réverbérants roulent lourdement de temps en temps à travers la salle, mais personne ne lève les yeux ; le festin cannibale incessant des vivants sur les morts se poursuit sans voix ; les camions de nourriture vont et viennent sans cesse et les serveurs nonchalants ne semblent pas prendre de repos.

Le premier soin de Richard, en arrivant à Londres, avait été d'obtenir un billet de lecteur pour le British Museum, et depuis plusieurs mois, il avait pris l'habitude d'y passer le samedi après-midi, sans suivre aucune ligne particulière d'étude ou de recherche, et se contentant principalement de lectures décousues. lire les vingt mille volumes qui pouvaient être consultés sans le lent mécanisme d'un bon de commande. Au bout d'un certain temps , le charme de l'endroit avait diminué et d'autres occupations remplissaient ses samedis après-midi.

Mais lorsqu'à son retour des funérailles de William, il quitta la gare d'Euston pour se rendre à Bloomsbury, les anciens enthousiasmes revinrent dans toute leur fraîcheur originelle. La séduction des vues sur la rue, les bâtiments élevés et les cabines qui voltigeaient rapidement faisaient de nouveau du simple voyage un délice ; le vieux sentiment de puissance et de confiance en soi lui releva le menton, et les échecs du passé furent oubliés dans un rêve de possibilités futures. Il s'attarda avec plaisir sur cette partie de sa conversation avec Mme Clayton Vernon qui révélait le fait intéressant que Bursley serait blessé s'il ne faisait pas « certaines choses ». Bursley , et surtout Mme Clayton Vernon, bonne femme, ne devraient pas être déçus. Il avait envers sa ville natale les sentiments d'un mari consciemment intelligent qui devine une confiance admirative dans le regard d'une petite ignorante d'épouse. Une telle foi était effectivement touchante.

L'une des nombreuses résolutions qu'il prit fut de reprendre sa fréquentation du British Museum ; la première visite était attendue avec impatience, et lorsqu'il se retrouva de nouveau entre les murs tapissés de livres de la salle de lecture, il fut contrarié de découvrir que ses projets d'étude n'étaient pas suffisamment mûrs pour lui permettre d'en réaliser une partie précise . , aussi petit soit-il, ce jour-là. L'idée d'un article sur les « Éléphants blancs » était nébuleuse dans son esprit ; il était sûr que le sujet pourrait être traité d'une manière fascinante, si seulement il pouvait mettre la main sur le bon matériel. Une heure passa à chercher sans résultat l'Index de Poole et d'autres ouvrages de référence, et Richard passa le reste de l'après-midi à élaborer, à partir d'anciens magazines, des projets d'articles qui présenteraient moins de difficultés à élaborer. Rien de valable n'a été accompli, et pourtant il n'a éprouvé ni déception ni sentiment d'échec. Le contact avec d'innombrables livres d'apparence respectable mais rébarbative l'avait cajolé, comme souvent auparavant, dans l'illusion qu'il avait été travailleur ; Il était sûrement impossible qu'un homme puisse rester longtemps dans cette atmosphère de culture érudite sans acquérir des connaissances et améliorer son esprit !

Bientôt, il abandonna la création de titres attrayants pour ses articles et commença à parcourir quelques volumes de la « Biographie » . Universelle . " La pièce s'amenuisait maintenant. Il jeta un coup d'œil à l'horloge ; il était six heures. Il était là depuis près de quatre heures ! Avec un soupir de satisfaction , il replaça tous ses livres et se tourna pour partir, se demandant mentalement si tant de choses étaient ou non. sa demande ne lui permettait pas, malgré certaines résolutions, de se rendre chez l'Ottoman ce soir-là.

"Hé!" » cria une voix alors qu'il passait devant la vitre près de la porte ; il chantait avec résonance parmi les pupitres et montait dans le dôme ; un certain nombre de lecteurs ont levé les yeux. Richard se retourna brusquement et vit M. Aked déplacer un index de l'autre côté de l'écran.

« Vous êtes ici depuis longtemps ? » demanda l'homme plus âgé lorsque Richard fut revenu vers lui. "Je suis ici toute la journée, pour la première fois depuis au moins quinze ans. C'est étrange que nous ne nous soyons pas vus.

Ils ont une nouvelle réglementation bestiale interdisant la disponibilité des romans de moins de cinq ans. Je voulais particulièrement en avoir. Gissing - pas pour le simple plaisir de les lire bien sûr, parce que je les ai déjà lus auparavant. Je les voulais dans un but spécial - je vous en parlerai peut-être un jour - et je n'ai pas pu les obtenir, du moins. plusieurs d'entre eux. Quelle foule immense il y a ici aujourd'hui !

"Eh bien, vous voyez, c'est samedi après-midi," intervint Richard, "et samedi après-midi est le seul moment où la plupart des gens peuvent venir, à moins qu'ils ne soient des hommes indépendants comme vous. Vous semblez avoir quelques romans en plus de celui de Gissing, cependant." Une quarantaine de volumes étaient empilés sur le bureau de M. Aked , dont beaucoup étaient ouverts.

"Oui, mais j'ai fini maintenant." Il commença à fermer les livres avec fracas et à les déposer brutalement en nouveaux tas, exactement comme un garçon irritable manipulant des livres scolaires . "Tu vois, empile-les entre mes bras, et je te parie que je les emporterai d'un seul coup."

"Oh, non. Je vais t'aider", rit Richard. "Ce sera bien moins compliqué que de ramasser ce que tu laisses tomber."

Pendant qu'ils attendaient au bureau du centre , M. Aked dit,-

" Il y a quelque chose dans cet endroit qui vous fait demander plus de volumes que ce qui peut vous être utile. Je me demande si j'ai fait du bien ici aujourd'hui. Si je m'étais contenté de trois ou quatre livres au lieu de trente ou quarante ans, j'aurais peut-être fait quelque chose. Au fait, pourquoi es-tu ici ?

"Eh bien, je suis juste venu chercher quelques points," répondit vaguement Richard. "J'ai déconné, j'ai une idée ou deux pour les articles, c'est tout."

M. Aked s'est arrêté pour leur serrer la main dès qu'ils étaient à l'extérieur du musée. Richard était très déçu que leur rencontre ait été si courte. Cet homme d'une étrange vivacité l'avait envoûté. Richard était sûr que sa conversation, si seulement on pouvait le persuader de parler, se révélerait délicieusement originale et suggestive ; il devinait qu'ils étaient mutuellement sympathiques. Depuis leur rencontre dans la boutique ABC, Richard avait désiré en savoir plus sur lui, et maintenant, quand par hasard ils se retrouvaient à nouveau, l' attitude de M. Aked montrait peu ou pas d'inclination à une connaissance plus étroite. Il y avait bien sûr une différence d'âge d'au moins trente ans entre eux, mais pour Richard, cela ne semblait pas faire obstacle à une intimité. C'était, supposait-il, seulement la partie physique de M. Aked qui avait vieilli.

"Bien, au revoir."

"Au revoir." Devrait-il demander s'il pouvait se rendre dans les appartements ou chez M. Aked , ou quelle que soit sa résidence ? Il hésita, à cause de la nervosité.

« Tu viens souvent ici ?

— Généralement le samedi, dit Richard.

"Nous nous reverrons peut-être alors, un jour. Au revoir."

Richard le quitta plutôt tristement, et le bruit des pas rapides et alertes du vieil homme – il frappa presque du pied – s'éloigna en direction de Southampton Row. Une minute plus tard, alors que Richard se retournait devant Mudie's, dans Museum Street, une main lui toucha l'épaule. C'était celui de M. Aked .

"Au fait," le visage de l'homme se plissa en un sourire tandis qu'il parlait, "est-ce que tu fais quelque chose ce soir ?"

"Rien du tout."

"Allons dîner ensemble, je connais un bon restaurant français à Soho."

"Oh, merci. Je serai terriblement content."

"Une demi-couronne, *table d'hôte* . Pouvez-vous vous le permettre?"

" Certainement , je peux", a déclaré Richard, peut-être un peu ennuyé, jusqu'à ce qu'il se souvienne que M. Aked avait utilisé exactement la même phrase à une occasion précédente.

"Je paierai le vin."

"Pas du tout-"

"Je paierai le vin", répéta M. Aked d'un ton décisif.

"Très bien. Tu m'as déjà parlé de cet endroit de Soho, si tu te souviens."

" Alors je l'ai fait, alors je l'ai fait, donc je l'ai fait."

"Qu'est-ce qui t'a fait revenir en arrière ?"

"Un caprice, jeune ami, rien d'autre. Prends mon bras."

Richard éclata de rire, sans raison particulière, si ce n'est qu'il se sentait heureux. Ils se mirent à marcher rapidement.

Le restaurant était un appartement carré avec un plafond bas aux poutres apparentes enfumées et des patères en cuivre brillant tout autour des murs ; au-dessus des pinces à chapeau étaient encadrées des publicités de liqueurs et de vins français, italiens et espagnols. Les petites tables, dont les nappes raides et neigeuses touchaient presque le sol de tous côtés, brillaient et scintillaient à la lueur d'un feu. L'endroit était vide, à l'exception d'un vieux serveur qui allumait le gaz. Le serveur tourna un visage large et doux vers M. Aked alors que les deux entraient, et, souriant avec bienveillance, le salua avec un flot de français et reçut une brève réponse dans la même langue. Richard n'a pas compris ce qui se disait.

Ils choisirent une table près du feu. M. Aked sortit aussitôt un livre de sa poche et commença à lire ; et Richard, un peu habitué alors à ses particularités, ne trouva rien d'extraordinaire dans une telle conduite. Ce petit restaurant simple semblait plein d'enchantement. Il était à Paris, non pas le grand Paris auquel on accède *par* Charing Cross, mais ce petit Paris qui se cache dans l'immensité de Londres. Des journaux français étaient éparpillés dans la pièce ; le son des voix françaises arrivait musicalement par une porte ouverte ; le pain qu'on apporta bientôt avec l' *apéritif* était français, et la mise de la table elle-même présentait une délicatesse exotique qu'il n'avait jamais vue auparavant.

Dehors, un orgue de Barbarie résonnait avec une stridence perçante dans le crépuscule brumeux. Au-dessus des vitres dépolies de la fenêtre, Richard distinguait à peine les étages supérieurs des maisons de l'autre côté de la route. Il y avait une pancarte noire et jaune : « Umberto Club », et au-dessus une pancarte bleue et rouge : « Blanchisserie française ». Plus haut encore se trouvait une fenêtre ouverte d'où se penchait une jeune femme négligemment vêtue, au visage grossier du Sud ; elle balançait négligemment une cage à oiseaux dans sa main ; la cage à oiseaux tomba et fut engloutie par le verre dépoli, et la femme avec un geste de désespoir disparut par la fenêtre ; l'orgue de Barbarie cessa momentanément sa mélodie puis recommença.

Tout semblait étrangement, délicieusement insignifiant, même le visage doux et fade du serveur alors qu'il servait adroitement la soupe. M. Aked , ayant demandé la carte des vins, appela " Cinquante , Georges, s'il vous tresse", et partageait impartialement son attention entre sa soupe et son livre. Richard ramassa "l'Echo de Paris" qui gisait sur une chaise voisine . Sur la première page se trouvait une référence en caractères affichés au succès du feuilleton " *de notre collaborateur distingué* ," Catulle Mendès . Comme ce feuilleton était merveilleusement alléchant, avec ses paragraphes descriptifs savamment diversifiés par de courtes lignes de dialogue, et à la fin "CATULLE MENDÈS, *à suivre* " . *interdit !* " La moitié de Paris, probablement, lisait ce feuilleton ! Catulle Mendès était un vrai homme, et sans doute en train de dîner à ce moment-là !

Lorsque le poisson arriva et que Georges eut doucement versé le vin, la langue de M. Aked se délia.

"Et comment la Muse s'est-elle comportée ?" il a commencé.

Richard lui raconta, avec aussi peu de circonlocutions que le permettait sa fierté, l'histoire de ces derniers mois stériles.

"Je suppose que tu te sens un peu découragé."

"Pas le moindre!" » répondit courageusement Richard, et à ce moment-là sa réponse était à peu près vraie.

" *Ne* vous sentez jamais découragé ? "

"Eh bien, bien sûr, on tombe un peu malade parfois."

"Voyons, aujourd'hui nous sommes le 30. Combien de mots as-tu écrit ce mois-ci ?"

"Combien de mots!" Richard rit. "Je ne compte jamais ce que je fais de cette façon. Mais ce n'est pas grand-chose. Je ne me suis pas senti dans l' humour . Il y a eu les funérailles. Ça m'a rebuté."

"Je suppose que vous pensez que vous devez écrire seulement *lorsque vous en avez envie* ." M. Aked a parlé sarcastiquement, puis a ri. "C'est une véritable erreur. Je vais vous donner ce petit conseil sans rien vous facturer. Asseyez-vous tous les soirs et écrivez cinq cents mots décrivant une scène qui s'est produite pendant la journée. Peu importe votre fatigue, faites-le. Faites-le pendant six mois, puis comparez le travail antérieur avec le travail ultérieur, et vous continuerez. »

Richard a bu la sagesse.

"Tu as fait ça une fois ?"

"Je l'ai fait, monsieur. Tout le monde le fait pour arriver à quelque chose. Je n'ai abouti à rien, même si j'ai gagné un peu d'argent à une époque. Mais ensuite, mon cas était étrange. J'ai été renversé par la dyspepsie. Méfiez-vous de dyspepsie. J'ai été violemment dyspeptique pendant vingt ans – je ne savais tout simplement pas écrire. Puis je me suis guéri. Mais il était trop tard pour recommencer. Il parlait à grandes gorgées entre des bouchées de poisson.

"Comment t'es-tu guéri ?"

L'homme ne prêta aucune attention à la question et reprit :

" Et si je n'ai rien écrit depuis vingt ans, je suis toujours un auteur dans l'âme. En fait, j'ai quelque chose " dans l'air " maintenant. Oh ! J'ai toujours eu un mauvais tempérament littéraire. " vous est-il déjà arrivé de chercher instinctivement la phrase caractéristique ? »

"J'ai bien peur de ne pas vraiment comprendre ce que tu veux dire."

"Hein ?"

Richard répéta ce qu'il avait dit, mais M. Aked était absorbé par le fait de verser un autre verre de vin.

"J'aimerais que vous me disiez", commença Richard, après une pause, "comment vous avez commencé *à* écrire, ou plutôt à être imprimé."

"Mon cher petit ami, je ne peux rien te dire de nouveau. J'ai écrit pendant plusieurs années et je n'ai jamais vendu une seule ligne. Et pour quelle raison particulière, penses-tu ? Tout simplement parce qu'aucune ligne ne valait la peine d'être imprimée. Puis mes affaires ont commencé à se dégrader. J'ai d'abord vendu un article ; j'ai oublié le titre, mais je me souviens qu'il y avait un accident de chemin de fer, et il se trouve que le rédacteur en chef d'un magazine l'a présenté au moment même où tout le monde était très enthousiasmé par un accident de chemin de fer dans l'ouest de l'Angleterre. Angleterre. J'ai reçu trente shillings pour ça.

"Je pense que je m'en sortirais assez bien si seulement je pouvais vendre *une* chose." Richard soupira.

"Eh bien, tu dois attendre. Eh bien, bon sang, mec!" - il s'arrêta pour boire, et Richard remarqua à quel point sa main tremblait. "Depuis combien de temps travaillez-vous sérieusement ? Pas un an ! Si vous vous destiniez à la peinture, vous ne vous attendriez sûrement pas à vendre des tableaux après seulement un an d'études ?" M. Aked a fait preuve d'une appréciation naïve de lui-même en tant que vétéran qui daigne faire bénéficier une recrue brute d'une vaste expérience.

"Bien sûr que non", acquiesça Richard, déconcerté.

"Eh bien, ne commence pas à pleurnicher."

Après le fromage, M. Aked commanda du café, du cognac et des cigares à six sous. Ils fumaient en silence.

"Vous savez," lâcha longuement Richard, "le fait est que je ne suis pas sûr du tout d'être fait pour écrire. Je n'ai jamais pris de plaisir à écrire. C'est une foutue nuisance . " Il trembla presque d'appréhension en prononçant ces mots.

"Vous aimez réfléchir à ce que vous allez écrire, arranger, observer, etc. ?"

"Oui, j'aime énormément ça."

"Eh bien, voici un secret. Aucun écrivain n'aime écrire, du moins un sur cent, et l'exception, dix contre un, est une médiocrité hurlante. C'est un fait. Mais ils sont quand même malheureux s'ils n'aiment pas." Je n'écris pas."

"Je suis content; il y a de l'espoir."

Lorsque Richard eut fini son café, l'idée lui vint de mentionner Miss Roberts.

"Est-ce que tu vas parfois au Crabtree ?" Il a demandé.

"Pas récemment."

"Je demande seulement parce qu'il y a une fille là-bas qui te connaît. Elle m'a demandé comment tu allais il n'y a pas longtemps."

"Une fille qui me connaît ? Qui diable peut-elle être ?"

"J'imagine qu'elle s'appelle Roberts."

"Aha ! Alors elle a un nouvel appartement, n'est-ce pas ? Elle habite dans ma rue. C'est comme ça que je la connais. Une jolie petite chose, plutôt !"

Il ne fit aucune autre remarque à ce sujet, mais il restait un sourire absent et amusé sur son visage, et il tira sa lèvre inférieure et fixa son regard sur la table.

"Vous devrez venir me voir un jour; ma nièce tient la maison pour moi", a-t-il déclaré avant de se séparer, donnant une adresse à Fulham. Il serra la main de Richard, lui tapota l'épaule avec un clin d'œil enfantin et s'en alla en sifflant très doucement dans le registre supérieur.

CHAPITRE X

Le portail élancé et mal accroché se referma derrière lui avec un bruit retentissant, communiquant un petit frisson au sol.

En réponse à sa sonnerie, une jeune fille vint à la porte. Elle était plutôt petite, mince et vêtue de noir, avec un tablier blanc immaculé. Dans la pénombre de l'étroit hall , il distingua un porte-chapeau en acajou de forme conventionnelle et, sur une console de bois, une petite lampe au réflecteur terni.

"Non", entendit Richard d'une voix douce et tranquille, "M. Aked vient juste de sortir se promener. Il n'a pas dit à quelle heure il devait revenir. Puis-je lui transmettre un message ?"

"Il m'a envoyé une carte pour venir le voir cet après-midi, et... je suis venu. Il a dit vers sept heures. Il est maintenant une heure et quart. Mais peut-être qu'il a tout oublié."

"Voulez-vous entrer ? Il ne sera peut-être absent que pendant une minute ou deux."

"Non, merci. Si tu peux juste lui dire que j'ai appelé..."

"Je suis vraiment désolée..." La jeune fille leva la main et la posa contre le montant de la porte ; ses yeux étaient posés de biais sur la bande de jardin, et elle parut rêver un instant.

« Êtes-vous M. Larch ? » » demanda-t-elle avec hésitation, au moment où Richard lui disait bonjour.

"Oui", répondit Richard.

"Oncle me disait qu'il avait dîné avec toi. Je suis *sûr* qu'il reviendra bientôt. Tu ne veux pas attendre un peu ?"

"Bien-"

Elle s'écarta et Richard entra dans le hall.

La pièce de devant, dans laquelle il fut introduit, était pleine d'ombres obscures, attribuables à la multiplicité des rideaux qui masquaient la petite baie vitrée. La rue Carteret et la demi-douzaine d'avenues fleuries, fauves et bordées d'arbres qui lui sont parallèles contiennent des centaines de salons presque exactement similaires. Ses dimensions étaient de treize pieds sur onze, et la hauteur du plafond semblait rapprocher les murs, tapissés d'un motif bleu indéchiffrable, encore plus rapprochés qu'ils ne l'étaient en réalité. Linoléum avec quelques tapis servi pour un tapis. La cheminée était en pierre peinte et un écran sophistiqué d'herbes sud-africaines cachait la grille.

Derrière une horloge et quelques vases sur la cheminée se dressait une confection de noyer et de verre argenté. Un chiffonnier en acajou occupait le côté de la pièce le plus éloigné de la fenêtre ; il avait un dessus en marbre et un grand miroir encadré de volutes, et était jonché de salières, d'assiettes de fruits et de bibelots en argent . La table, carrée, était recouverte d'un tissu rouge d'une texture semblable à de la flanelle à motifs noirs. Les chaises étaient en acajou et en crin de cheval et assorties au canapé, qui s'étendait depuis la porte presque jusqu'à la fenêtre. Plusieurs gravures encadrées en chêne et doré dépendaient au moyen d'un gros cordon vert de clous français à grandes têtes de faïence. Dans le renfoncement à gauche de l'âtre se trouvaient un piano ouvert et une chanson sur le pupitre. Ce qui distinguait la pièce des autres pièces de ce type était une bibliothèque naine remplie principalement de romans français dont le jaune vif éclairait avec gratitude un coin sombre à côté de la porte.

"Oncle est très oublieux", commença la jeune fille. Il y avait de la couture sur la table et elle s'y était déjà mise. Richard se sentait timide et mal à l'aise, mais son compagnon ne montrait aucun symptôme de trouble. Il sourit vaguement, ne sachant que répondre.

"Je suppose qu'il marche beaucoup", dit-il enfin.

"Oui, il le fait." Il y eut une seconde pause. La jeune fille continuait à coudre tranquillement ; elle semblait indifférente à ce qu'ils discutent ou non.

"Je vois que tu es musicien."

"Oh non!" Elle rit et regarda ses yeux. "Je chante très peu."

"Chantez-vous les chansons de Schubert ?"

"Ceux de Schubert ? Non. Ils sont bons ?"

"Plutôt. Ce sont *les* chansons."

"Classique, je suppose." Son ton impliquait que les chansons classiques sortaient du domaine pratique.

"Oui bien sûr."

"Je ne pense pas que j'aime beaucoup la musique classique."

"Mais tu devrais."

"Dois-je ? Pourquoi ?" Elle riait gaiement, comme une enfant amusée. "Les chansons de Hope Temple sont sympas, et 'The River of Years', je viens juste d'apprendre ça. Est-ce que tu chantes ?"

"Non, je ne chante pas vraiment. Je n'ai pas de piano chez moi, maintenant."

"Quel dommage ! Je suppose que vous en savez beaucoup sur la musique ?"

"J'aurais aimé le faire!" » dit Richard, essayant maladroitement de ne pas paraître flatté.

Une troisième pause.

"M. Aked semble avoir beaucoup de romans français. J'aurais aimé en avoir autant."

"Oui. Il les amène toujours."

"Et c'est la dernière en date, hein ?" Il ramassa " L'Abbé Tigrane ", qui gisait sur la table à côté de la couture.

"Oui, j'imagine que mon oncle l'a eu hier soir."

"Tu lis le français, bien sûr ?"

"Moi ! Non, en effet !" Elle rit encore . « Vous ne devez pas imaginer, M. Larch, » poursuivit-elle, et ses petits yeux pétillèrent, « que je ressemble du tout à mon oncle. Ce n'est pas le cas. Je ne lui ai tenu la maison que peu de temps, et nous sont vraiment... tout à fait différents.

« Comment veux-tu dire « comme oncle » ?

"Eh bien," la voix calme s'éleva imperceptiblement, "je ne suis pas un grand lecteur et je ne connais rien aux livres. Je ne suis pas intelligent, vous savez. Je ne supporte pas la poésie."

Richard avait l'air indulgent.

"Mais tu lis ?"

"Oui, parfois un roman. Je lis 'East Lynne'. Mon oncle me l'a acheté l'autre jour.

"Et tu aimes ça?"

On frappa timidement à la porte, et un petit et gros domestique aux mains rouges et au visage rouge entra ; ses avant-bras rugueux et potelés étaient nus et elle portait un panier de marché. "S'il te plaît, je suis", éjacula-t-elle de manière significative et disparut. La nièce de M. Aked s'est excusée et, lorsqu'elle est revenue, Richard a regardé sa montre et s'est levé.

"Je suis vraiment désolé pour mon oncle, mais c'est comme lui."

"Oui, n'est-ce pas ?" Richard répondit et ils échangèrent un sourire.

Il descendit la rue Carteret en fredonnant un air discordant et en faisant tournoyer son bâton. La nièce de M. Aked s'est révélée plutôt décevante.

C'était une fille ordinaire et manifestement peu sensible aux influences artistiques qui émanaient subtilement de M. Aked . Mais à l'exception de sa logeuse et de sa fille, elle était la première femme que Richard rencontrait à Londres, et l'entretien avait été en quelque sorte une épreuve.

Oui, c'était à regretter. Supposons qu'elle ait été intelligente, spirituelle, pleine de ce « charme sans nom » dont les jeunes gens investissent les jeunes filles idéales de leurs rêves — et dont, en effet, au cours de la semaine dernière, il l'avait investie ! Il aurait pu l'épouser. Alors, guidé par l'expérience d'un oncle sympathique, il aurait réalisé toutes ses ambitions. Une vision de M. Richard Larch, le célèbre éditeur, et de sa charmante épouse, donnant un dîner à un groupe de célébrités littéraires soigneusement sélectionnées, flottait devant lui. Hélas! Le « East Lynne » de la jeune fille, ses ballades de salon, la méchante petite servante, la vulgarité complaisante de la pièce, de la maison, de la rue, du quartier, se sont combinés efficacement pour le dissiper .

Il était sûr qu'elle n'avait aucune aspiration.

Il fallut attendre un train à la gare de Parson's Green. Depuis la plate-forme surélevée, l'herbe était visible à travers une brume qui tombait doucement. Les rails courbes se dissimulaient mystérieusement dans une grisaille générale, et le crépuscule, apaisant toute crudité du paysage suburbain, donnait une impression de vastes espaces et de parfaite sérénité. Hormis le portier qui allumait tranquillement les lampes de la gare, il était seul, — seul, lui semblait-il, dans un monde supérieur, au-dessus de Londres, et surtout au-dessus de Fulham et de la maison où vivait la jeune fille qui lisait « East Lynne ». Comme elle doit être banale ! Richard se demandait si M. Aked pouvait exister entouré de toutes les banalités de la rue Carteret. Même son propre logement était plus attrayant, car au moins Raphael Street était à proximité du bourdonnement et du rythme central de la ville.

Un signal jaillit soudain au loin ; il aurait pu s'agir d'un phare aperçu à travers d'innombrables kilomètres d'océan calme. La pluie commença à tomber.

CHAPITRE XI

Les sabbats de Richard étaient devenus des jours de torpeur lugubre. Il y a un an, à son arrivée à Londres, il avait projeté une série de visites d'églises célèbres soit pour leur beauté architecturale, soit pour leurs rituels pittoresques. Mais quelques semaines avaient apporté l'ennui. Il était fondamentalement irréligieux, et sa fréquentation de l'église procédait d'un désir purement sensuel, qui cherchait une satisfaction dans les pompes cérémonielles , les atmosphères crépusculaires lourdes d'encens et électriques de dévotion, et les perspectives sombres de pierres voûtées. Mais ces choses qu'il découvrit bientôt perdaient leur belle saveur par la simple présence d'une congrégation primitive en sécurité dans l' armure d'airain de l'autosatisfaction ; pour lui, le culte était gâché par les fidèles, et ainsi vint le temps où la seule église qu'il se souciait de fréquenter - et même dans celle-ci il n'y allait que rarement, de peur que l'usage ne perde son charme - fut l'oratoire catholique romain de Saint-Philippe. Neri , où, à la messe, la séparation des sexes frappait une note d'austérité reconnaissante, et l'apparence mesquine du peuple contrastait admirablement avec la splendeur des vêtements des prêtres, la musique élaborée, les dorures et les couleurs des autels. Ici, la divinité était toute-puissante et l'humanité abjecte. Des hommes et des femmes de tous grades, se jetant devant les saintes images dans l'abandon extatique du repentir, priaient côte à côte, inconscients de tout sauf de leurs péchés et de la colère d'un Dieu. En spectacle, l'oratoire était sublime.

Il le visitait environ une fois par mois. Les matinées des dimanches intermédiaires étaient consacrées aux promenades sans but dans les parcs, aux lectures décousues ou au sommeil ; rien ne l'empêchait de quitter la ville pour la journée, mais il était si innocent de toute sorte de savoir rural que la perspective de quelques heures à la campagne était rarement assez séduisante pour mobiliser suffisamment d'énergie pour l'accomplir. Après le dîner, il dormait habituellement et le soir , il faisait une courte promenade et se couchait tôt. Pour une raison quelconque, il n'a jamais essayé de travailler le dimanche.

Il avait plu continuellement depuis qu'il avait quitté la station Parson's Green la nuit précédente, jusqu'à dimanche midi, et dans l' après-midi , il se prélassait à moitié endormi avec un volume de vers sur les genoux, se demandant s'il devait ou non mettre son chapeau et sortir. , quand Lily entra ; Lily était habillée pour la conquête, et avec son large chapeau de velours et ses nœuds roses, elle ressemblait si peu à une servante que Richard, somnolent, sursauta, ne sachant pas quelle fée égayait sa chambre.

"S'il vous plaît, monsieur, il y a un jeune gentleman qui veut vous voir."

— Oh !... qui est-ce ? Personne ne lui avait jamais fait appel auparavant.

"Je ne sais pas, monsieur ; c'est un jeune *gentleman* ."

Le jeune gentleman fut introduit. Il portait une nouvelle redingote noire et un pantalon gris clair qui tombait en riches plis sur de nouvelles bottes en cuir verni. Les défauts de son linge, de teinte terne et bleuâtre, étaient plus que compensés par la magnificence d'une nouvelle cravate de soie blanche à pois d'héliotrope. Il portait dans une main un chapeau de soie et une paire de gants de chevreau jamais portés, et dans l'autre un cigare à moitié fumé et un bâton, dont Richard connaissait bien la physionomie.

"Bonjour, Jenkins !"

"Bon après-midi, M. Larch. Je passais juste par ici et j'ai pensé que je vous chercherais." Avec une inclinaison de tête plus ridicule encore qu'il ne l'aurait voulu, Jenkins plaça son chapeau, son bâton et ses gants sur le lit et, ajustant joliment les pans de son manteau, occupa une chaise.

La querelle entre Richard et Jenkins avait été arrangée quelques jours auparavant.

" Alors c'est à vous de creuser. De belles grandes fenêtres ! "

"Oui, des fenêtres décentes."

Même si ces deux-là étaient dans une familiarité presque brutale pendant les heures de bureau, chacun se sentait ici légèrement mal à l'aise en présence de l'autre. Jenkins essuya son visage pâle et malsain avec un mouchoir en batiste qu'il déplia à cet effet.

« Vous êtes allé à l'église ce matin ?

Méditativement, Jenkins jeta de la cendre de cigare dans la grille du feu, puis répondit : « Oui. »

"Je le pensais."

"Pourquoi?"

"Parce que tu es tellement génial."

" N'est-ce pas moi, juste !" Jenkins a parlé avec un franc plaisir. "Deux guinées le costume, mon garçon ! Ne vais-je pas les frapper sur Wal-worth Road !"

"Mais où est ta bague ?" » demanda Richard, remarquant l'absence de la bague en argent que Jenkins portait habituellement à sa main gauche.

"Oh ! Je l'ai donné à ma sœur. Elle voulait le donner à son jeune homme."

"Elle est fiancée, n'est-ce pas ?"

"Oui, du moins je suppose qu'elle l'est."

"Et quand vas-tu te fiancer ?"

Jenkins émit un son expressif de mépris. "Vous ne me surprenez pas en train d'entrer dans les liens sacrés. Pas cet enfant ! Ce n'est pas que de la lavande, vous pariez. Je dis, vous connaissez Miss Roberts au restaurant de tarte aux légumes et aux cheveux roux." Jenkins ne savait pas que Richard se rendait régulièrement au Crabtree. "Je passais devant l'endroit hier soir, juste au moment où ils fermaient, et je suis descendu à Charing Cross avec elle. Je lui ai demandé de me rencontrer aujourd'hui quelque part, mais elle n'a pas pu."

"Tu veux dire qu'elle ne le ferait pas. Eh bien, et de quel genre est-elle ?"

"Diaboliquement gentil, *je* vous le dis. Mais pas mon style. Mais il y a une fille que je connais, qui vit sur Camberwell New Road. Elle est un régal maintenant, un régal. Environ dix-sept ans et dodue comme un pigeon. Je verrai bien. elle ce soir."

"Oh, en effet !" » dit Richard, s'étonnant pour la centième fois qu'il se trouve sur un pied d'intimité avec Albert Jenkins. La jeune fille de Carteret Street, quelles que soient ses imperfections, n'utilisait pas le dialecte cockney. Et son sourire était certainement séduisant. De plus, elle avait de la dignité. Certes, elle aimait "East Lynne" et les chansons de Hope Temple, mais Richard se rendit compte qu'il serait peut-être plus agréable d'écouter même ces mélodies méprisées que de rester solitaire à Raphael Street ou d'accompagner Jenkins à l' *affût* . Pourquoi ne descendrait-il pas cet après-midi voir M. Aked et sa nièce ? Il a immédiatement décidé de le faire.

"Tout s'est bien passé", a déclaré Jenkins. " Que fais-tu ce soir ? Veux-tu venir faire un tour avec moi ? "

"Laisse-moi voir... Le fait est que je ne peux pas." Il luttait désespérément contre la tentation de mentionner qu'il se proposait de rendre visite à une dame, mais en vain. Cela doit venir. "Je vais voir une fille."

« Aha ! » s'exclama Jenkins avec un air terriblement cambré. "Alors c'est ça le petit jeu, hein ! C'est qui la purée ?"

Richard sourit avec réticence.

"Eh bien, je m'en vais." Jenkins se leva et son regard croisa la petite bibliothèque de Richard ; il parcourut les titres des volumes.

"Oh ! De même ah ! Zola ! Maintenant, nous arrivons au secret. Pas étonnant que tu sois si studieux. Zola, en effet ! Eh bien, au revoir. A demain. Donne mon amour à la fille... " Je dis, je suppose que vous n'avez pas Zola en anglais, n'est-ce pas ? "

"Non."

"Peu importe. Au revoir."

CHAPITRE XII

Le petit serviteur aux bras rouges rayonna une reconnaissance aimable.

"Journée très chaude!" dit Richard.

"Je vous demande pardon, monsieur."

"Journée très chaude", un peu plus fort. Ils étaient dans le passage.

La porte du salon s'ouvrit et la nièce de M. Aked se tenait devant lui, le doigt sur les lèvres et les sourcils levés en signe d'avertissement. Elle sourit soudain, faillit rire. Richard se souvint longtemps de ce sourire. Cela a transformé non seulement le visage d'une jeune fille, mais toute la rue Carteret. Il n'avait jamais rien vu de pareil. Lui serrant la main en silence, il la suivit dans la pièce et elle ferma doucement la porte.

"Oncle ne va pas bien", expliqua-t-elle. "Il dort maintenant, et je ne veux pas que tu le réveilles. Dans cette maison, tu sais, si quelqu'un parle dans le couloir, on l'entend même dans le grenier. Mon oncle a été surpris par la pluie cette nuit ; il a une poitrine très faible et attrape directement une bronchite.

"Je suis vraiment désolé de vous avoir dérangé", a déclaré Richard. "Le fait est que j'étais par ici et j'ai pensé que j'allais appeler." Cela semblait une excuse suffisamment raisonnable, considéra-t-il. "J'espère que tu ne dormais pas aussi."

"Oui, je somnolais sur cette chaise." Elle pencha la tête en arrière et tambourina légèrement avec ses doigts sur les accoudoirs de la chaise. "Mais je suis content que tu aies appelé."

"Pourquoi?"

— Oh ! Parce qu'on veut voir quelqu'un , quelqu'un de nouveau, surtout après avoir été dans une chambre de malade.

"Tu as veillé tard." Son ton était accusateur. Il lui semblait que d'une manière ou d'une autre , ils étaient déjà intimes.

"Seulement jusqu'à trois heures, et j'ai dormi plus tard ce matin. Comme le soleil est changeant aujourd'hui !" Elle bougea sa chaise et il la vit de profil. Ses mains étaient sur ses genoux. Elle a mis en place un repose-pieds avec ses orteils et a posé ses pieds dessus.

"Vous ressemblez à une photo dans 'Illustrated London News' de cette semaine, je veux dire en pose générale", s'est-il exclamé.

"Vraiment ? Comme ça a l'air sympa ! Qu'est-ce que c'est ?"

mère » de Whistler . Mais j'espère que tu ne penses pas que je te trouve vieux."

"Quel âge ai-je ?" Elle tourna légèrement la tête vers lui.

"Environ vingt-trois ans, mais j'imagine que tu es beaucoup plus jeune."

Même si elle ne répondit pas, elle ne feignit pas d' être ennuyée et Richard ne se taxa pas non plus de *gaucherie* .

« Il m'a fallu des années pour aimer les photos de Whistler », a-t-elle déclaré ; et, en réponse à la question surprise de Richard , elle commençait à expliquer qu'une grande partie de sa vie s'était déroulée en compagnie d'œuvres d'art graphique, lorsqu'un pas de pantoufles se fit entendre dans le hall et que quelqu'un tâtonnait avec la poignée de la porte. M. Aked entra.

"Oncle ! Espèce de méchant vieil homme !" Elle se releva d'un bond, rougit et ses yeux brillèrent de colère. "Pourquoi t'es-tu levé ? C'est assez pour te tuer."

" Calme-toi, mon enfant. Je me suis levé parce que je ne voulais pas rester au lit, c'est exactement ça. " M. Aked s'arrêta pour reprendre son souffle et se laissa tomber sur une chaise. "Mélèze, j'ai entendu ta voix dans le passage. Sur ma parole, je t'ai complètement oublié hier. Je suppose qu'Adeline t'a dit que je suis gravement malade, hein ? Ah ! J'ai eu bien des crises pires que celle-là. Dis ça antimacassar sur mes épaules, mon enfant.

Il avait tendu à Richard une main molle et chaude, sur laquelle les veines formaient de douces crêtes dans la peau lisse et cassante. Ses cheveux gris étaient en désordre et il portait une robe de chambre sale et déchirée. Son visage avait perdu son expression alerte habituelle ; mais ses yeux enfoncés et brillants regardèrent avec une inquiétude mystérieuse d'abord Richard, puis Adeline, qui, sans plus dire un mot, le couvrit bien et lui mit le pouf sous les pieds.

"Bien bien bien!" il soupira et ferma les yeux avec lassitude. Les deux autres restèrent silencieux pendant un moment ; puis Adeline, parlant très doucement et avec un sang-froid non sans affectation, reprit leur conversation interrompue. Richard comprit que sa contrariété légitime resterait en suspens jusqu'à son départ. Bientôt, son ton devint plus naturel ; elle se penchait en avant, les mains jointes autour d'un genou, et Richard se sentait comme un receveur de confidences tandis qu'elle lui racontait grossièrement sa vie à la campagne, qui avait pris fin il y a seulement deux ans. Est-ce que toutes les filles étaient si simplement communicatives, se demanda-t-il ? il lui plaisait de décider qu'ils ne l'étaient pas, et qu'elle eût été plus réservée envers un autre que lui ; qu'il y avait effectivement une affinité entre eux. Mais la présence de son oncle, qu'Adeline semblait pouvoir ignorer totalement, empêchait Richard d'être lui-même.

« Comment trouvez-vous Londres, après avoir vécu si longtemps à la campagne ? » » demanda-t-il inévitablement.

« Je ne connais pratiquement rien de Londres, du vrai Londres », dit-elle ; "Mais je trouve que ces faubourgs sont horribles, bien plus ennuyeux que le village le plus ennuyeux. Et les gens ! Ils semblent si inintéressants, sans caractère !"

La voix rauque et fatiguée de M. Aked se glissa entre eux. "Enfant!" dit-il - et il employa cette appellation, non pas avec la dignité propre à son âge, mais plutôt comme un écolier omniscient rentrant chez lui pour les vacances et s'adressant à sa sœur - "Enfant!" - ses yeux étaient toujours fermés - "les banlieues , même Walham Green et Fulham, sont pleins d'intérêt, pour ceux qui peuvent le voir. Promenez-vous dans cette rue même un dimanche après-midi comme aujourd'hui. Les toits forment deux horribles lignes droites convergentes, je sais, mais en dessous il y a du caractère, l'individualité, de quoi faire le plus grand livre jamais écrit. Notez les indications variées fournies par de mauvais meubles vus à travers des fenêtres à rideaux, comme les nôtres » (il sourit, ouvrit les yeux et se redressa) ; « écoutez les mélodies qui sortent mal des pianos mal accordés ; examinez les silhouettes énervées des femmes allongées au milieu des pots de fleurs sur les balcons étroits. Même dans la fumée mince qui monte à contrecœur des pots de cheminée invisibles, le battement d'un store, le bruit d'un une porte, le clin d'œil d'un fox-terrier perché sur le rebord d'une fenêtre, la couleur de la peinture, les lettres d'un nom, — dans toutes ces choses il y a du caractère et des sujets d'intérêt, — une vérité qui attend d'être exposée. y en a-t-il dans la rue Carteret ? Disons quatre-vingts. Quatre-vingts théâtres d'amour, de haine, d'avidité, de tyrannie, d'effort ; quatre-vingts drames séparés toujours se déroulant, s'entrelaçant, se terminant, commençant, — et chaque drame est une tragédie. Pas de comédies, et surtout pas de farces ! Pourquoi , mon enfant, il y a plus de caractère à cent mètres de cette chaise que cent Balzac n'en pourraient analyser en cent ans.

Toute la vivacité d'antan était revenue sur son visage ; il avait fait de la rhétorique sur un sujet favori , et il était franchement content de lui.

— Tu vas te fatiguer, mon oncle, dit Adeline. "Allons-nous prendre le thé ?"

Richard constata avec étonnement qu'elle était froide et impassible. Elle ne pouvait sûrement pas ignorer le fait que M. Aked était un homme très remarquable avec des idées très remarquables ! Pourquoi, d'ailleurs, ces idées ne se sont-elles jamais présentées à *lui* ? Il écrirait un article sur le *personnage* de Raphael Street. À contrecœur, il annonça qu'il devait partir ; rester plus longtemps, ce serait s'inviter à prendre le thé.

"Asseyez-vous tranquillement, Larch. Vous prendrez une tasse de thé."

Adeline quitta la pièce ; et quand elle fut partie, M. Aked , lui jetant un coup d'œil, dit :

"Eh bien, que penses-tu de mes idées sur la banlieue ?"

"Ils sont splendides", répondit Richard, rayonnant.

"Il y a quelque chose dedans, j'imagine", acquiesça-t-il avec complaisance. "J'ai eu récemment l'idée de recommencer à gribouiller. Je sais qu'il y a un livre qui attend d'être écrit sur "La psychologie des banlieues", et je n'aime pas voir des exemplaires gaspillés. Le vieux cheval de guerre sentir la bataille, tu comprends. Il sourit grandiosement. " 'Psychologie des banlieues' ! Beau titre ça ! Voyez comme le *P muet* enlève toute la crudité de l'allitération ; c'est qu'on n'écoute jamais les mots avec les oreilles seulement, mais avec les yeux aussi... Mais je devrais " J'ai besoin d'aide. Je veux un type intelligent qui puisse prendre une dictée et m'aider dans les détails de la composition. Je suppose que cela ne vous dérangerait pas de venir ici deux ou trois soirs par semaine ?"

Richard répondit sincèrement que rien ne lui conviendrait mieux.

"Je devrais bien sûr vous nommer co-auteur de "Psychologie des banlieues", de Richard Aked et Richard Larch. Cela semble plutôt accrocheur, et je pense que cela devrait se vendre. Environ quatre cents pages in-8, disent cent mille mots. Six shillings – ça doit être un prix populaire. Nous pourrions obtenir une redevance de neuf pence par exemplaire si nous nous adressions au bon éditeur. Six pence pour moi et trois pence pour vous. Est-ce que ça suffirait ?

"Oh, parfaitement !" Mais M. Aked ne courait-il pas plutôt vite ?

« Peut-être ferions-nous mieux de dire cinq sous pour moi et trois sous pour vous ; ce serait plus juste. Parce qu'il faudra fournir des idées, vous savez. « Psychologie des banlieues, psychologie des banlieues » ! Beau titre ! je devrais le faire dans six mois.

"J'espère que tu iras bientôt à nouveau bien. Alors nous—"

"Plutôt bien!" répéta-t-il sèchement. "Demain, j'aurai raison comme un dessous de plat. Ne pensez pas que je ne puisse pas prendre soin de moi-même ! Nous commencerons tout de suite."

"Vous n'oubliez pas, M. Aked , que vous n'avez encore jamais vu mes affaires ? Etes-vous sûr que je pourrai faire ce que vous voulez ?"

"Oh, ça ira. Je n'ai pas vu vos affaires, mais je suppose que vous avez l'habitude littéraire. L'habitude littéraire, c'est ça ! Je vais bientôt vous mettre aux rides, aux secrets de fabrication. "

"Quel est votre plan général pour le livre ?" » demanda Richard avec une certaine timidité, craignant d'être jugé stupide ou curieux au mauvais moment. Il avait essayé de dire quelque chose de digne d'une grande occasion, mais il avait échoué.

"Oh, j'en parlerai lors de notre première conférence formelle, disons vendredi soir prochain. En gros, chacune des grandes divisions suburbaines a, pour moi en tout cas, ses propres caractéristiques, sa physionomie morale particulière." Richard hocha la tête avec appréciation. "Emmenez-moi les yeux bandés dans n'importe quelle rue de Londres et je découvrirai instantanément, grâce à mille indices, où je me trouve. Eh bien, chacune de ces divisions doit être décrite tour à tour, non pas topographiquement bien sûr, mais l'esprit intérieur, l'âme Vous voyez ? Les gens ont pris l'habitude de se moquer des banlieues. Eh bien, les banlieues, *c'est* Londres ! C'est à elle seule la - la commotion des réunions de banlieues au centre de Londres qui rend la ville et le West End intéressants. Nous pourrions montrez comment les caractéristiques particulières des différentes banlieues exercent une influence subtile sur les grands centres centraux. Prenez Fulham : personne ne pense rien à Fulham, mais supposons qu'il soit balayé de la surface de la terre, l'effet serait de le modifier, car le voir œil, le personnage de Piccadilly, du Strand et de Cheapside. Le jeu d'une banlieue sur une autre et sur les repaires centraux est aussi régulier, aussi ordonné, aussi calculable, que la loi de la gravité elle-même.

Ils continuèrent la discussion jusqu'à ce qu'Adeline revienne avec un plateau à la main, suivie de la petite servante aux bras rouges. Les deux commencèrent à poser le drap, et le joyeux bruit de la vaisselle remplit la pièce....

« Du sucre, M. Larch ? Adeline disait, lorsque M. Aked , regardant Richard d'un air significatif, éjacula :

"Vendredi alors ?"

Richard hocha la tête. Adeline regardait son oncle avec méfiance.

Pour une raison que Richard n'avait pas devinée, Adeline les laissa seuls pendant la majeure partie de la soirée et, en son absence , M. Aked continua à discuter, en généralités vagues, non sans un charme poétique spécieux, sur le sujet sur lequel ils devaient collaborer, jusqu'à ce que Richard était totalement enivré par ses possibilités fascinantes. Lorsqu'il est parti, Adeline n'a pas permis à M. Aked de se rendre à la porte et est allée elle-même.

"Si je n'avais pas été très ferme", rit-elle alors qu'ils se serraient la main dans le couloir, "oncle serait resté je ne sais combien de temps à vous parler dans la rue et aurait oublié sa bronchite. Oh, vous les auteurs , je crois que vous êtes tous comme des bébés. Richard sourit de satisfaction.

"M. Mélèze, M. Mélèze !" L'appel malicieux lui parvint alors qu'il était à mi-chemin de la rue. Il est revenu en courant et l'a trouvée à la porte, les mains derrière elle.

"Qu'as-tu oublié ?" elle a interrogé. Il ne voyait que vaguement son visage dans la pénombre des becs à gaz.

"Je sais, mon parapluie," répondit-il.

"N'ai-je pas dit que vous étiez tous comme des petits enfants !" » dit-elle en sortant le parapluie et en le lui tendant par-dessus le portail.

Soucieux d'ajouter immédiatement quelque chose d'original à la somme des observations de M. Aked , il choisit délibérément un chemin détourné pour rentrer chez lui, à travers les quartiers ouest de Fulham et devant l'hôtel Salisbury. Il lui semblait que la poésie latente des faubourgs s'élevait comme une belle vapeur et remplissait ces panoramas monotones et sordides du parfum et de la couleur des violettes, ne laissant rien de commun, rien d'ignoble. Dans les yeux levés d'une vendeuse qui passait au bras de son amant, il devinait une passion aussi pure que celle d' Eugénie . Grandet ; sur le visage ridé d'une femme plus âgée , il ne voyait que la noblesse de la souffrance ; un jeune qui marchait seul en fumant une cigarette était un personnage pathétique peut-être condamné à des années de solitude à Londres. Alors qu'il n'y avait personne d'autre à voir, il vit Adeline, Adeline avec le doigt sur les lèvres, Adeline en colère contre son oncle, Adeline versant du thé, Adeline descendant son chapeau de la patère, Adeline riant à la porte. Il y avait quelque chose chez Adeline qui... Comme ce nom lui allait bien !... Sa vie passée, à en juger par les indices qu'elle avait donnés, devait être intéressante. Peut-être que cela expliquait le charme qui...

Puis il revint au livre. Il regrettait à moitié que M. Aked ait pu intervenir dans cette affaire. Il pourrait le faire lui-même. Aussi clairement que si l'idée avait été la sienne, il vit le volume terminé, sentit la texture du papier, admira la disposition de la page de titre et la reliure en percaline bleue ; il parcourut la table des matières et regarda négligemment la brève introduction, pourtant pleine de sens ; chapitre après chapitre, de manière ordonnée et scientifique, et le dernier résumait toute l'affaire en quelques phrases magistrales et dignes.

Déjà, avant qu'une seule idée ait été réduite en mots, « La psychologie des banlieues » était terminée ! Une œuvre unique ! D'autres auteurs avaient pris un endroit isolé ici ou là dans la banlieue et l'avaient disséqué, mais aucun ne l'avait vu dans sa globalité complexe ; aucun n'avait tenté de tirer de leur incohérence une philosophie cohérente, de les traiter avec sympathie comme M. Aked et lui-même l'avaient fait – ou plutôt devaient le faire. Personne ne soupçonnait que les banlieues étaient une énigme dont la réponse n'était pas impossible à trouver. Ah, ce secret, cette clé du chiffre ! Il le voyait tel qu'il pouvait être derrière une succession de voiles, d'obstructions fragiles qui déroutent à ce moment-là sa vue tendue, mais qu'il déchirerait et déchirerait quand le moment de l'effort viendrait.

Les mêmes sentiments élevés occupèrent son cerveau le lendemain matin. Il s'arrêta pour nouer sa cravate, pour regarder par la fenêtre, cherchant même dans la rue Raphaël quelque fragment de cette psychologie de l'environnement inventée par M. Aked . Il n'a pas non plus cherché en vain. Tous les phénomènes de la vie humble, jusqu'alors observés quotidiennement sans arrière-pensée, semblaient désormais porteurs d'une signification mystérieuse qui était sur le point de se déclarer. Vendredi, date à laquelle devait avoir lieu la première conférence officielle, semblait terriblement lointain. Mais il se souvint qu'une très dure journée de travail, la coulée et l'achèvement d'un gigantesque mémoire de frais, l'attendait au bureau, et il décida de s'y lancer sans réserve ; le temps passerait plus vite.

CHAPITRE XIII

Chaque cabinet d'avocat a son grand client, dont les affaires, gérées avec vigilance par l'associé principal en personne, ont préséance sur tout le reste, et que chaque membre du personnel considère avec un respect particulier hérité des dirigeants eux-mêmes. MM. Curpet et Smythe étaient des agents londoniens du formidable cabinet d'avocats Pontifex, de Manchester, réputé jouir du plus grand cabinet des Midlands ; et ils en étaient excusablement fiers. L'une des premières leçons qu'un nouveau greffier apprit dans l'établissement de New Serjeant's Court fut que, quels que soient le temps et les ennuis dépensés, les affaires du Pontife, comprenant des dizaines de causes distinctes, devaient être traitées de manière si irréprochable que le vieux M. Pontife , de réputation terrible, n'aurait peut-être jamais lieu de se plaindre. Les matins, heureusement rares, où une lettre grincheuse arrivait par hasard de Manchester, tout le bureau tremblait d'appréhension, et tout employé susceptible d'être accusé de négligence commençait aussitôt à réfléchir à l'opportunité de chercher une nouvelle situation.

Le mémoire des frais pontifes était établi chaque année en juin. À mesure que le moment de le présenter approchait, de plus en plus de commis se mettaient à son service, jusqu'à ce qu'à la fin chacun se trouve engagé, d'une manière ou d'une autre, dans ce compte colossal.

Lorsque Richard arriva au bureau, il trouva sur sa table l'immense pile de feuilles blanches, puis la pile encore plus haute de feuilles bleues formant le projet de loi. Tout était terminé sauf le contrôle des figures et les moulages définitifs. En tant que caissier et comptable, c'est lui qui en était responsable en dernier ressort. Il répartit les draps, gardant pour lui la plus grande part, et le travail commença. Dans chaque pièce, il y avait un murmure sourd de chiffres, interrompu par un juron occasionnel lorsque quelqu'un perdait le fil d'une addition. Les directeurs se promenaient, pleins de sollicitude et d'encouragement, et, selon l'usage en de telles occasions, le déjeuner était servi sur place, aux frais de l'entreprise. Richard continuait d'ajouter tout en mangeant, gardant la tête claire et se trompant rarement ; rien n'existait pour lui que la colonne de livres, de shillings et de deniers sous ses yeux.

La pile de feuilles finies s'agrandit, et bientôt les garçons de bureau, commandés par Jenkins, passèrent la première partie de l'addition dans la presse à copier. Au fil des heures, les aides des autres services, dont on n'avait plus besoin, reprenaient leurs tâches négligées, et Richard faisait seul les derniers ajouts. Enfin, le billet fut complètement terminé, et il le porta lui-même chez la papeterie pour le coudre. Au bout d'une demi-heure, il revint, et il le déposa cérémonieusement devant M. Curpet . Le grand total a fait le tour du bureau, bondissant de bouche en bouche comme le résultat d'un important sondage parlementaire. Il était supérieur de près d'un millier de livres à celui de n'importe quelle année précédente. Chacun des commis était personnellement fier de sa grandeur et résolut secrètement de demander une augmentation de salaire à la première occasion. Ils parlaient en groupes, discutaient de détails, tandis qu'une lassitude confortable se répandait de pièce en pièce.

Richard se tenait près de la fenêtre ouverte, observant distraitement les pigeons et les nettoyeurs du palais de justice d'en face. Dans un coin, un garçon de bureau, novice dans son travail, tamponnait des enveloppes avec une lente précision. Jenkins, un pied sur une table, attachait un lacet de chaussure. Six heures avaient sonné dix minutes plus tôt, et tout le monde était parti sauf M. Smythe, dont Jenkins attendait le départ avec impatience. La chaude journée s'apaisa lentement pour laisser place à une soirée sereine et charmante, et les bruits habituels du Strand montèrent jusqu'à Richard comme le bourdonnement pastoral d'une vallée à un habitant d'une colline, ne brisant pas mais complétant plutôt le calme de l'heure. Peu à peu, son cerveau se libéra de l'obsession des chiffres, tout en continuant à réfléchir vaguement à l'affiche qui venait d'être affichée. Le règlement serait certainement réglé par chèque dans la semaine, car MM. Pontifex étaient invariablement prompts. Ce chèque, qu'il déposerait et verserait lui-même à la banque, équivaudrait à ce qu'il pourrait gagner en vingt ans, s'il restait commis. Il essaya d'imaginer la scène dans laquelle, à une date ultérieure, il ferait part à M. Curpet de son intention de démissionner de son poste, expliquant qu'il préférait se soutenir par la littérature. Douceur ineffable d'un tel triomphe ! Pourrait-il un jour s'en rendre compte ? Il le pouvait, il le devait ; l'alternative d'un stage éternel ne devait pas être supportée. Son regard tomba sur Jenkins. Ce pauvre animal gai, insouciant et vulgaire serait toujours commis. Cette pensée le remplissait de commisération et aussi de fierté. Imaginez Jenkins écrire un livre intitulé « La psychologie des banlieues » !

"Je vais fumer", a déclaré Jenkins; "Soyez soufflé à Bertie chérie." (Mme Smythe s'était autrefois adressée à son mari dans le bureau en l'appelant « Bertie, cher », et c'était désormais son nom parmi le personnel.) Richard ne répondit pas. Lorsqu'une minute plus tard Jenkins, dirigeant discrètement ses bouffées vers la fenêtre ouverte, lui demanda les titres d'un ou deux romans de Zola en anglais, et leur prix, il donna les renseignements demandés sans se retourner et d'un ton préoccupé. C'était son souhait à ce moment-là de paraître rêveur. Peut-être qu'une allusion à la différence intellectuelle entre eux s'imposerait même à Jenkins. Soudain, une voix qui semblait être celle de M. Smythe vint de l'autre côté de la cloison vitrée qui séparait la pièce du couloir général.

"Jenkins, qu'est-ce que tu veux dire par fumer au bureau ?" La pipe disparut instantanément et Jenkins fit face à son accusateur avec une certaine confusion, pour découvrir qu'il avait été victime . C'était M. Aked .

"Tu es toujours aussi gazeux, je vois," dit Jenkins avec une nuance d'agacement. M. Aked a ri, puis s'est mis à tousser fortement, se penchant en avant, les joues rouges.

"Vous n'auriez sûrement pas dû quitter la maison aujourd'hui", dit Richard alarmé.

"Pourquoi pas?" La réplique fut presque féroce.

"Tu n'es pas en forme."

"Fiddlesticks ! Je tousse juste un peu."

Richard se demandait ce qu'il avait demandé.

Jenkins commença à discuter avec lui des défauts de M. Smythe en tant qu'employeur, et lorsque ce sujet fécond fut épuisé, il y eut un silence.

"Rentrer à la maison?" » a demandé M. Aked à Richard, qui s'est immédiatement préparé à partir.

"Au fait, Mélèze, comment est la purée ?" Jenkins avait ses manières archaïques.

"Quelle purée ?"

"Eh bien, la fille que tu as dit que tu allais voir hier après-midi."

"Je n'ai jamais dit..." commença Richard, regardant nerveusement M. Aked .

" Oh non, bien sûr que non. Savez-vous, M. Aked , qu'il a commencé ses petits jeux avec les femmes. Ces gars de la campagne, si timides et tout ça, sont des précautions régulières quand on apprend à les connaître. " Mais M. Aked n'a donné aucune réponse.

"Je pensais que tu ferais aussi bien de venir demain soir au lieu de vendredi", dit-il doucement à Richard, qui s'était occupé de verrouiller un coffre-fort.

"Demain ? Certainement, j'en serai très content", répondit Richard. De toute évidence, M. Aked était aussi impatient que lui de commencer le livre. C'était sans doute pour cela qu'il avait appelé. Sûrement, ensemble, ils accompliraient quelque chose de remarquable !

Jenkins était monté sur un tabouret élevé. Il poussa un sifflement, et les deux autres remarquèrent que ses traits étaient tordus en une expression de gaieté délirante.

"Aha ! aha !" il sourit en regardant Richard. "Je commence à comprendre. Vous recherchez la jolie nièce, hein, maître Larch ? Et elle est aussi une jolie petite chose rondelette ! Elle est venue ici une fois pour ramener oncle à la maison."

M. Aked s'est immédiatement précipité en avant et a menotté l'oreille de Jenkins.

"Ce n'est pas la première fois que je dois faire ça, ni la deuxième", a-t-il déclaré. "Je suppose que tu n'apprendras jamais à te comporter correctement." Jenkins aurait facilement pu tabasser le vieil homme – il avait vraiment l'air vieux aujourd'hui – et aucune considération pour l'âge de ce dernier ne l'aurait empêché de le faire, si l'habitude de soumission n'avait pas été acquise au cours de ces années où M. Aked dirigeait le bureau extérieur . s'est avéré plus fort que sa rage. En fait, il prit une position sûre derrière le tabouret et se contenta de mots.

"Tu es une beauté, tu l'es !" il a commencé. "Comment va la fille rousse d'ABC ? Tu sais, celle qui a perdu sa place au restaurant des Courts à cause de toi. Si elle n'avait pas été idiote, elle aurait intenté une action pour rupture de promesse. Et combien y en a-t-il d'autres ? Je me demande... "

M. Aked a lancé une flèche incertaine après lui, mais il a disparu par la porte, pour rencontrer M. Smythe. Après avoir adressé à ce dernier un « après-midi, monsieur » plutôt servile, M. Aked sortit rapidement du bureau.

« Que diable faites-vous tous ? M. Smythe s'enquit avec colère. « Est-ce qu'Aked recherche l'argent, Larch ?

"Pas du tout, M. Smythe. Il a seulement appelé pour me voir."

"Vous êtes un de ses amis, n'est-ce pas ?"

"Eh bien, je le connais."

"H'm ! Jenkins, viens prendre une lettre."

Alors que Richard se précipitait vers le tribunal, il se sentit extrêmement en colère contre M. Aked . Pourquoi cet homme ne pourrait-il pas être plus digne ? Tout le monde semblait le traiter avec mépris, et la cause n'était pas tout à fait obscure. Il n'avait aucune dignité. Richard s'est senti personnellement lésé.

Aucun d'eux n'a parlé de l'incident récent alors qu'ils se dirigeaient vers la gare Temple. M. Aked , en effet, n'a rien dit ; une quinte de toux l'occupait. D'une manière ou d'une autre, la confiance de Richard dans « La psychologie des banlieues » avait un peu diminué au cours de la dernière demi-heure.

CHAPITRE XIV

"Est-ce vous, M. Larch ?"

Il distingua distinctement la tête et le buste d'Adeline au-dessus de lui. Son tablier blanc était pressé contre les rampes, tandis que, les bras et les mains tendus, agrippant la rampe de l'escalier, elle se penchait pour voir qui était en bas.

"C'est vrai, Miss Aked ", répondit-il. "La porte était ouverte, alors je suis entré. Quelque chose ne va pas ?"

"Je viens d'envoyer Lottie chercher le médecin. Mon oncle est très malade. J'aimerais que vous le voyiez venir tout de suite. C'est sur Fulham Road, un peu à gauche - vous remarquerez la lampe rouge."

Alors que Richard sortait en courant, il rencontra le médecin, un jeune homme au visage écossais et aux cheveux gris, qui se précipitait dans la rue, la servante essoufflée à l'arrière.

"Maître est tombé malade la nuit dernière, monsieur", dit ce dernier en réponse à la question de Richard. « Pneumonie, dit le médecin, et autre chose, et une infirmière va venir ce soir. Maître en a des crises, monsieur… il n'arrive pas à reprendre son souffle.

Il se tenait dans le couloir, ne sachant pas quoi faire ; le docteur était déjà monté à l'étage.

"Ça doit être très grave", murmura-t-il.

"Oui Monsieur." Lottie commença à gémir. Richard a dit qu'il rappellerait plus tard pour se renseigner et se retrouvait actuellement à Fulham Road, marchant lentement vers Putney.

M. Aked était désespéré ; Richard en était sûr. L'homme devait vieillir, et sa constitution, peu vigoureuse sur le plan constitutionnel, avait sans doute été fatalement affaiblie par une insouciance de longue durée. Quelle étrange créature de caprices et d'enthousiasmes il était ! Bien que son âge ne puisse faire aucun doute, Richard ne l'a jamais considéré comme plus âgé que lui de quelques années. Il n'avait rien de la mélancolie, de la circonspection, de la fixité de vue, de la tendance prudente au compromis, de l'apathie sereine et satisfaite qui marquent habituellement son époque de la vie. Il était encore délicatement sensible aux nouvelles influences, ses idéaux étaient aussi fluides que ceux de Richard. La vie ne lui avait presque rien appris, et encore moins la sagacité et la dignité. C'était le célibataire typique dont les sentiments les plus profonds n'ont jamais été éveillés. Les regrets d'un passé peut-être plus heureux, les ombres de visages morts, le souvenir de baisers ont-ils jamais ébranlé sa sérénité ? Richard ne le pensait pas. Il a dû toujours vivre dans le présent. Mais c'était un artiste : même si, d'une manière ou d'une autre, l'homme avait baissé dans son estime, Richard s'y accrochait. Il possédait de l'imagination et de l'intellect, et il pouvait les fusionner. Pourtant, il avait été un échec. Vu sous certains angles, Richard a admis qu'il était un personnage pitoyable. Quelle a été sa véritable histoire ? Richard sentit instinctivement que personne ne pouvait répondre à cette question, même brièvement, à l'exception de M. Aked , et soudain il comprit que la nature de cet homme, apparemment franche jusqu'à l'impudeur, avait ses propres réserves, dont peu de gens soupçonnaient l'existence. Et quand le pire était dit, M. Aked possédait de l'originalité ; d'une manière incongrue, il gardait encore les grâces naïves de la jeunesse ; il était une source d'inspiration et avait exercé une influence pour laquelle Richard ne pouvait qu'être reconnaissant.

« La psychologie des banlieues » était vite passée au second plan, une idée belle et impossible ! Richard savait désormais que cela n'aurait jamais pu être réalisé. Un petit progrès aurait été fait, puis, à mesure que les difficultés s'accroîtraient, lui et M. Aked auraient tacitement abandonné leur entreprise. Ils se ressemblaient beaucoup, pensait-il, et cette similitude imaginaire lui plaisait. Peut-être qu'un jour il mènera lui-même cette entreprise à son terme, auquel cas il consacrera son livre à la mémoire de M. Aked . Il ne regrettait pas que le rêve des derniers jours se soit terminé. Cela avait été très agréable, mais le réveil, puisque selon sa sagesse actuelle il devait avoir lieu tôt ou tard, était moins désagréable maintenant qu'il aurait pu l'être à un stade plus avancé. De plus, c'était agréable de faire un rêve.

M. Aked était mourant : il le savait au ton d'Adeline. Pauvre Adeline ! Vers qui se tournerait-elle ? Elle avait laissé entendre que les seuls parents dont elle s'occupait, ceux du côté de sa mère, se trouvaient en Amérique. À qui demanderait-elle de l'aide ? Qui se chargerait des formalités des funérailles et des affaires testamentaires, telles qu'elles étaient ? Sa répugnance pour les funérailles semblait avoir disparu, et il n'était pas sans espoir qu'Adeline, bien que leur connaissance fût la plus courte, pourrait solliciter son aide pour son impuissance. Et après les funérailles, que ferait-elle ? Puisqu'elle aurait probablement de quoi vivre, elle pourrait choisir de rester là où elle était. Dans ce cas, il lui rendait visite de temps en temps, le soir. Sa solitude imminente lui donnait un charme pathétique, et il s'empressa de se faire un dessin d'elle et lui de chaque côté de la cheminée, discutant familièrement pendant qu'elle tricotait ou cousait.

Oui, il était en fait un homme adulte et avait droit à ses romances. Il pourrait éventuellement tomber amoureux d'elle, ayant découvert chez son caractère des qualités rares, aujourd'hui insoupçonnées. C'était improbable, mais pas impossible, et il avait en fait déjà envisagé cette éventualité à plusieurs reprises auparavant. Oh pour une passion, un engouement glorieux, même s'il se terminait par un désastre et une ruine ! Le problème, c'est qu'Adeline n'était pas à la hauteur de l'amant idéal. Cette abstraction virginale devait être un artiste d'une sorte, absolument irréligieux, large de vues sociales, l'essence du raffinement, avec un visage frappant mais pas nécessairement beau, à la voix douce et isolé – sans entraves par ses amis . Adeline n'était pas une artiste ; il craignait qu'elle ne soit une employée régulière de la chapelle et qu'elle soit douloureusement orthodoxe quant aux relations sexuelles. Était-elle raffinée ? Avait-elle un visage saisissant ? Il a dit oui, deux fois. Sa voix était basse et pleine de jolies modulations. Bientôt peut-être elle serait seule au monde. Si seulement elle avait été une artiste… Ce défaut, craignait-il, serait fatal à tout attachement sérieux. Ce serait quand même bien de lui rendre visite.

Il traversait Putney Bridge. La nuit était tombée et la pleine lune brillante montrait un étroit ruisseau rampant entre deux larges étendues de boue. Juste en dessous du pont, une barge était à l'ancre ; la silhouette d'un homme s'y déplaçait tranquillement, puis un bateau se détacha de l'étrave de la barge et descendit le fleuve dans l'obscurité. Sur le pont, les bus et les wagons crépitaient bruyamment. Des jeunes hommes avec des chapeaux de paille et des filles en blouse blanche et jupe noire allaient et venaient par paires, les uns bavardant, les autres silencieux. La vue de ces couples donna à Richard l'idée d'une « Psychologie des banlieues » abandonnée. Et si M. Aked récupérait ? Il se souvenait de sa sœur lui disant que leur grand-père avait survécu après avoir été trois fois livré à mort par les médecins. « La psychologie des banlieues » commence à l'attirer. Cela pourrait s'achever, si M. Aked vivait, et alors... Mais qu'en est-il de ces soirées avec la solitaire Adeline ? Les deux perspectives de l'avenir se heurtaient et s'obscurcissaient, et il fut envahi par un vague pressentiment. Il voyait M. Aked luttant pour reprendre son souffle dans la méchante chambre de banlieue, et Adeline, impuissante, à ses côtés. Le pathos de sa position est devenu intolérable.

Lorsqu'il revint rue Carteret, c'est elle qui vint à la porte.

"Comment est-il?"

"C'est à peu près pareil. L'infirmière est venue. Elle m'a dit de me coucher tout de suite, mais je n'ai pas envie de dormir. Tu vas t'asseoir un peu ?"

Elle prit le rocking-chair et, se penchant en arrière avec un geste de lassitude, se balança doucement ; son visage blanc, aux yeux rouges et aux paupières tombantes, montrait une fatigue excessive, et sur ses lèvres il y avait une moue sombre. Après qu'elle eut décrit en détail l'état de M. Aked et raconté ce que le médecin avait dit, ils restèrent silencieux pendant un moment dans cette atmosphère tendue qui semble étouffer la vitalité dans une maison de maladie dangereuse. Au-dessus de nous, l'infirmière se déplaçait, faisant claquer doucement la fenêtre de temps en temps.

« Vous connaissez mon oncle depuis longtemps, n'est-ce pas ?

"Pas du tout", répondit Richard. "C'est une chose très drôle, mais même si je semble le connaître assez bien, je ne l'ai pas rencontré une demi-douzaine de fois dans ma vie. Je l'ai vu pour la première fois il y a environ un an, puis je l'ai revu l'autre jour à au British Museum, et après avoir dîné ensemble , nous étions comme de vieux amis.

« D'après ce qu'il a dit, j'ai certainement pensé que vous *étiez* de vieux amis. Oncle a si peu d'amis. À part un ou deux voisins , je crois que vous êtes la première personne à venir dans cette maison depuis que je suis venu vivre ici.

"En tout cas, nous avons vite fait connaissance", dit Richard en souriant. « Cela ne fait pas une semaine que tu m'as demandé si je m'appelais Larch. Elle lui rendit le sourire, quoique plutôt machinalement.

"Peut-être que mon erreur selon laquelle tu es un vieil ami de l'oncle Aked explique cela", dit-elle.

"Eh bien, nous ne prendrons pas la peine de l'expliquer ; le voilà, et si je peux vous aider de quelque façon que ce soit maintenant, vous devez me le dire."

"Merci, je le ferai." Elle l'a dit avec une parfaite simplicité. Richard éprouvait un frisson à peine perceptible.

"Tu as dû passer un moment horrible hier soir, tout seul", dit-il.

"Oui, mais j'étais trop ennuyé pour me sentir bouleversé."

"Agacé?"

"Parce que mon oncle a tout provoqué par négligence. Je trouve que c'est dommage!" Elle arrêta de se balancer et se redressa, le visage plein de protestations sérieuses.

« Ce n'est pas le genre d'homme à prendre soin de lui-même. Il n'a jamais pensé... »

"C'est justement ça. Il aurait dû le penser, à son âge. S'il meurt, il se sera pratiquement suicidé, oui, il se sera suicidé. Il n'y a aucune excuse à sortir comme il l'a fait, malgré tout ce que j'ai dit. Imaginez qu'il vienne " Je suis descendu dimanche dernier dans l'état où il était, puis je suis sorti lundi, même s'il *faisait* chaud ! "

"Eh bien, nous espérons qu'il ira mieux, et cela pourrait lui servir de leçon."

"Écoutez ! Qu'est-ce que c'était ?" Elle se leva avec appréhension et écouta, sa poitrine palpitant sous le corsage noir serré et ses yeux interrogateurs surpris fixés sur ceux de Richard. Un très léger tintement provenait de l'arrière de la maison.

"Peut-être la sonnette de la porte d'entrée", suggéra-t-il.

"Bien sûr. Comme c'est idiot de ma part ! Je pensais... Qui cela peut-il être en ce moment ?" Elle entra doucement dans le couloir. Richard entendit la porte s'ouvrir, puis une voix de femme, qui lui semblait familière :

"Comment va M. Aked ce soir ? Votre serviteur a dit à notre serviteur qu'il était malade et je me suis senti anxieux."

"Oh!" s'écria Adeline, déconcertée un instant, comme cela sembla à Richard ; puis elle reprit froidement : « Mon oncle est à peu près pareil, merci », et ferma presque aussitôt la porte.

« Une personne pour s'enquérir de mon oncle », dit-elle à Richard avec une intonation particulière, en rentrant dans la chambre. Puis, au moment où il disait qu'il devait partir, on frappa au plafond et elle s'envola de nouveau. Richard attendit dans le couloir qu'elle descende.

"Ce n'est rien. Je pensais qu'il était en train de mourir ! Oh !" et elle se mit à pleurer librement et ouvertement, sans essayer de s'essuyer les yeux.

Richard regarda fixement le cordon du tablier qui encerclait vaguement sa taille ; de cette ligne blanche son buste tremblant s'élevait comme un bourgeon de son calice, et au-dessous la robe noire coulait sur ses larges hanches en plis froncés ; il n'avait jamais vu une silhouette aussi exquise, et sa beauté prenait un caractère plus poignant dans leur solitude dans la nuit calme et anxieuse : l'infirmière et le malade étaient dans une autre sphère.

"Tu ne ferais pas mieux d'aller te coucher ?" il a dit. "Tu dois être fatigué et surexcité." Comme ces mots semblaient maladroits et conventionnels !

CHAPITRE XV

Dans l'idiosyncrasie d'Adeline, il y avait une suggestion subtile et insaisissable de singularité, d'inattendu, que Richard, malgré lui, trouvait très séduisante, et il l'attribuait à juste titre, dans une certaine mesure, aux circonstances particulières de sa jeunesse, dont le récit, avec un côté pittoresque caractéristique, lui avait-elle confié lors de leur deuxième rencontre.

L'enfant posthume du frère de Richard Aked , Adeline, qui n'avait aucun souvenir de sa mère, vivait d'abord avec ses grands-parents maternels et ses deux oncles. Elle dormait seule en haut de la maison, et quand elle se levait le matin du grand lit aux rideaux rouges et aux pompons jaunes, elle courait toujours à la fenêtre. Immédiatement en dessous se trouvaient les conduits qui couvraient les grandes fenêtres en saillie du magasin. La nuit, elle avait pour habitude de disperser des miettes sur les laisses, et parfois elle arrivait assez tôt pour regarder les moineaux les picorer ; le plus souvent, toutes les miettes disparaissaient alors qu'elle dormait encore. Le Square ne manquait jamais de l'intéresser le matin. L'après-midi, il semblait engourdi et morose ; mais avant le dîner, surtout le samedi et le lundi, c'était une ambiance gaie, pleine d'étals couverts de toile, de chevaux et de charrettes, de tas de légumes entassés, de cochons grognant au milieu de la paille, et d'hommes rudes au visage rose, les pantalons attachés. aux genoux avec de la ficelle, qui marchait lourdement en faisant claquer des fouets. Ces choses arrivaient mystérieusement, avant le soleil, et dans l' après-midi elles disparaissaient imperceptiblement ; les étals n'étaient pas chaumés, les charrettes se déchaînaient une à une, et les cochons s'en allaient en grinçant, jusqu'à ce qu'à cinq heures la place jonchée de détritus devienne déserte et abandonnée. De temps à autre, une nouvelle échoppe, déployant une toile d'un blanc éclatant, se détachait avec éclat au milieu de ses compagnes souillées ; puis Adeline descendait en courant chez son oncle préféré , qui prenait son petit déjeuner à 7h30 pour qu'il puisse s'occuper du magasin pendant que les autres étaient à table : "Oncle Mark, Oncle Mark, il y a un nouvel étal en haut de la rue." Place, près de la Nouvelle Auberge!" « Peut-être n'est-ce qu'un vieux modèle dont le visage est lavé », disait l'oncle Mark ; et Adeline, levant son épaule droite, posait la tête dessus et riait en plissant les yeux.

En ce temps-là, elle ressemblait à une petite fille puritaine, avec ses robes simples et sa démarche guindée. Ses cheveux noirs, retenus par un peigne semi-circulaire qui s'étendait d'une oreille à l'autre sur le dessus de sa tête, étaient brossés directement depuis son front et tombaient sur toute la largeur de ses épaules en lignes brillantes et ondulées. Ses yeux gris étaient assez grands, sauf quand elle riait, et ils surveillaient les gens avec un regard franc et interrogateur qui effrayait certains voyageurs de commerce qui entraient dans la boutique et lui donnaient des pièces de trois sous ; il semblait que toutes les hontes secrètes se révélaient à ce regard naïf. Son nez était court et aplati, mais sa bouche se trouvait être parfaite, exactement de la forme et de la taille classiques, avec des lèvres délicieuses cachant à moitié les petites dents blanches.

Pour elle, la maison lui paraissait de proportions immenses ; on lui avait dit qu'une fois, avant sa naissance, il y avait trois maisons. Certes , elle possédait un nombre d'escaliers plus grand que d'habitude, et l'un d'eux, avec l'unique pièce à laquelle il donnait accès, était toujours fermé. Depuis la place, la fenêtre de la chambre désaffectée, obscure et nue, contrastait étrangement avec les carreaux clairs, les stores blancs et les coussinets rouges des autres. Cette chambre était voisine de la sienne, les deux escaliers étant parallèles ; et la pensée de son vide effrayant l'impressionnait la nuit. Un samedi soir, alors qu'elle était au lit, elle découvrit que grand-mère, qui tressait ses cheveux depuis dimanche, y avait laissé un peigne. Elle a appelé à haute voix grand-mère, oncle Mark, oncle Luke, en vain. Aucun d'eux n'est venu vers elle ; mais elle entendit distinctement un cri de réponse venant de la pièce fermée. Elle cessa d'appeler et resta un moment terriblement silencieuse ; puis ce fut le matin, et le peigne avait glissé de ses cheveux et était tombé dans le lit.

Sous la maison se trouvaient de nombreuses caves. L'une servait de cuisine, et Adeline y avait une balançoire, suspendue à une poutre ; deux autres étaient des garde-manger ; un quatrième contenait du charbon, et dans un cinquième des cendres étaient jetées. Il y en avait encore deux autres sous le magasin, accessibles par un escalier de pierre séparé. L'oncle Mark descendait ces marches tous les après-midi pour allumer le gaz, mais il n'aurait jamais permis à Adeline de l'accompagner. Grand-mère, en effet, était très fâchée si, alors que la porte du perron se trouvait ouverte, Adeline s'approchait à un mètre d'elle. Souvent, en bavardant avec les vendeuses qui, aux heures tranquilles de la journée, se rassemblaient autour du poêle pour coudre, elle pensait soudain aux caves en bas, et son cœur semblait s'arrêter.

Si les volets étaient relevés, la boutique était encore plus terriblement mystérieuse que les caves ou la pièce désaffectée. Le dimanche après-midi, quand grand-père ronflait derrière un mouchoir rouge et jaune dans la salle du petit-déjeuner, il fallait qu'Adeline traverse la boutique et monte l'escalier du show-room, pour arriver au salon, car pour arriver à l'escalier de la maison impliquerait de déranger le dormeur. Comme la boutique avait l'air étrange alors qu'elle se précipitait timidement à travers ! Un crépuscule faible, pire que l'obscurité totale, filtrait à travers les fentes des volets, laissant voir à peine les toiles jaunâtres qui recouvraient les mérinos et les chaises sur les comptoirs, et elle arrivait toujours au show-room, qui avait deux grands espaces dégagés. fenêtres, avec un sanglot de soulagement. Très peu de clients ont été invités au show-room ; Adeline l'utilisait en semaine comme crèche ; ici, elle allaitait ses poupées, faisait voler des cerfs-volants et lisait « Little Wideawake », un livre que lui avait offert un voyageur de commerce ; il y avait une psyché près de la fenêtre de devant dans laquelle elle se contemplait longuement et sérieusement.

Elle n'a jamais eu la compagnie d'autres enfants et n'en a jamais souhaité. D'autres enfants, comprit-elle, étaient impolis et sales ; bien qu'oncle Mark et oncle Luke enseignaient à l'école du dimanche et que grand-père ait été autrefois surintendant, elle n'était pas autorisée à y aller, simplement parce que les enfants étaient grossiers et sales. Mais elle allait à la chapelle du matin, assise seule avec grand-père sur les coussins rouges du large banc, qui craquait à chaque mouvement ; Oncle Mark et Oncle Luke étaient assis dans la galerie avec les enfants grossiers et sales de l'école du dimanche ; grand-mère allait rarement à la chapelle ; les ministres ont plutôt appelé pour la voir. Un jour, à sa grande surprise, oncle Luke avait monté les escaliers de la chaire, comme s'il marchait dans son sommeil, et avait prêché. Cela semblait si étrange, et ensuite les vérités religieuses qu'on lui avait enseignées perdirent d'une manière ou d'une autre leur horreur et une partie de leur réalité. Le dimanche soir, elle célébrait son propre service privé, au cours duquel elle était prédicatrice, chorale, organiste et congrégation. Ses prières improvisées suscitaient l'admiration secrète de grand-mère, qui seule les entendait. Adeline restait éveillée pour le dîner le dimanche. Une fois le repas terminé, grand-père ouvrit la grande Bible et, de sa voix riche et lourde, lut que Sem engendra Arphaxad et Arphaxad engendra Salah et Salah engendra Eber et Eber engendra Pélag , et à propos des Ammonites et des Jébusiens et des Cananéens et des Moabites. ; puis ils se sont agenouillés et il a prié pour ceux qui nous gouvernent, ainsi que pour les veuves et les orphelins ; et au mot « orphelins », grand-mère, qui ne s'agenouillait pas comme les autres mais se tenait bien droite dans son rocking-chair, une main sur les yeux, disait à voix basse : « Amen, Amen ». Et une fois tout cela terminé, Adeline choisirait si oncle Mark ou oncle Luke la porterait au lit.

Grand-père est mort, puis grand-mère et tante Grace (qui n'était pas du tout une tante, mais une cousine) sont venues vivre chez Adeline et ses oncles, et un jour les volets de la boutique ont été montés et non démontés. Adeline apprit que l'oncle Mark et l'oncle Luke partaient très loin, en Amérique, et qu'elle vivrait désormais avec tante Grace dans une grande et splendide maison pleine de tableaux colorés, de statues et de livres. Il semblait étrange que tante Grace, dont les robes étaient plutôt défraîchies, ait une maison plus belle que celle de grand-père , jusqu'à ce que l'oncle Mark explique que la maison n'appartenait pas vraiment à tante Grace ; Tante Grace s'en occupait simplement pour un jeune homme riche qui avait quinze domestiques.

Une fois remise de la séparation avec ses oncles, Adeline accepta docilement le changement. Habituée depuis longtemps à la solitude spirituelle (car l'amitié la plus étroite qui puisse exister entre un enfant et un adulte ne comporte guère plus qu'une tolérance affectueuse de part et d'autre, et ne connaît certainement rien de ces affinités psychiques intimes qui attirent l'enfant vers l'enfant ou l'homme vers l'autre). homme), elle n'aurait en effet pas pu facilement trouver beaucoup de difficultés dans les conditions de sa nouvelle vie. Une chose la troubla au début, à savoir que tante Grace ne priait jamais, ne lisait pas la Bible et n'allait jamais à la chapelle ; ni, à la connaissance d'Adeline, personne d'autre à l'abbaye. Mais elle s'est vite réconciliée avec cet état de choses. Pendant un certain temps , elle continua à répéter ses prières ; puis l'habitude a cessé.

La galerie de tableaux, dont elle avait beaucoup entendu parler, la fascina aussitôt. C'était un appartement long mais peu élevé, recevant la lumière du jour d'une source cachée, orné des plus beaux exemples des quatre grandes écoles italiennes qui fleurirent pendant la première moitié du XVIe siècle : la vénitienne, un délice de couleurs ; le Romain, digne et même calme ; le Florentin, noblement grandiose ; et l'école de Parme, mystérieusement délicate. Occasionnellement servante, elle passait ici une grande partie de son temps, parlant activement avec les madones , les Christs, les saints martyrs, les monarques, les chevaliers, les charmantes dames et toute la foule naïve du Moyen Âge , donnant à chacun d'eux un rôle à part. romans infantiles. En grandissant, elle copiait — qui dira si consciemment ou inconsciemment ? — les attitudes et les gestes des femmes ; et peut-être qu'avec le temps, par quelque canal ineffable, au moins une partie de leur grâce sage et de leur quiétude satisfaite fut transmise à Adeline. Il y avait aussi des tableaux dans la bibliothèque carrée, exemples d'œuvres anglaises et françaises tout à fait modernes, sagalement choisies par quelqu'un dont la faculté critique lui était transmise à travers quatre générations de collectionneurs ; mais Adeline n'avait pas d'yeux pour ceux-là. Les livres, cependant, magnifiques prisonniers dans un verre, étaient ses bons amis, même si elle ne les touchait jamais, et bien que l'éducation étroite et conventionnelle de la jeune fille que lui avait assidûment donnée sa tante en personne étouffait plutôt qu'encourageait la curiosité à l'égard de leur contenu. .

Quand Adeline avait environ dix-neuf ans, son tuteur s'est fiancé à un fermier d'âge moyen, locataire de l'abbaye, qui a clairement fait savoir qu'en épousant tante Grace, il n'était pas désireux d'épouser également la protégée de tante Grace . Une sérieuse question se posait quant à son avenir. Elle n'avait qu'un seul autre parent en Angleterre, M. Aked , et elle accepta passivement sa suggestion opportune d'aller à Londres et de s'occuper de lui.

CHAPITRE XVI

Le mercredi soir, Richard prit le thé au Crabtree, afin de pouvoir descendre en train à Parson's Green directement depuis Charing Cross. Le café était presque vide de clients ; et Miss Roberts, qui semblait être présente, lisait dans le « coin douillet », un coin de la pièce meublé de miroirs peints et d'un banc d'écorce d'une rusticité fictive.

« Qu'est-ce que tu fais ici ? » demanda-t-il lorsqu'elle lui apporta son repas. "Tu n'es plus caissière en bas ?"

"Oh, oui," dit-elle, "je devrais simplement penser que je l'étais. Mais la fille qui attend dans cette pièce, Miss Pratt, a ses demi-congés le mercredi, et je viens ici, et le gouverneur prend ma place en bas. Je le fais pour lui rendre service. C'est un gentleman, il l'est. *C'est* poli ! J'ai ma demi-congé le vendredi.

"Eh bien, si tu n'as rien d'autre à faire, que dirais-tu de me servir mon thé ?"

« Tu ne peux pas le verser toi-même ? La pauvre ! Elle sourit avec pitié et commença à verser le thé.

"Asseyez-vous", suggéra Richard.

"Non, merci", dit-elle. "Là ! Si ce n'est pas assez sucré, tu peux te mettre un autre morceau en toi-même ;" et elle disparut derrière le paravent qui cachait le ravitailleur.

Bientôt, il la fit appeler pour établir son chèque. Il se demandait s'il devait lui dire que M. Aked était malade. Peut-être que s'il le faisait, elle demanderait à être informée de la manière dont ce fait la concernait. Il décida de ne rien dire, et fut d'autant plus étonné qu'elle commença :

« Saviez-vous que M. Aked était très malade ?

"Oui. Qui te l'a dit ?"

"Eh bien, j'habite près de chez lui, à quelques portes de là - ne vous l'ai-je pas dit une fois ? - et leur domestique l'a dit au nôtre."

« Je l'ai dit à votre serviteur ?

"Oui", dit Miss Roberts en rougissant un peu et avec une inflexion qui signifiait : "Je suppose que vous pensiez que *ma* famille n'aurait pas de domestique !"

"Oh!" Il s'arrêta un instant, puis une idée lui vint. « C'est sûrement vous qui avez appelé hier soir pour vous renseigner ! Il se demandait pourquoi Adeline avait été si sèche avec elle.

"Tu étais là alors ?"

"Oh, oui. Je connais assez bien les Aked ."

"Le médecin dit qu'il ne s'améliorera pas. Qu'en pensez-vous ?"

"J'ai bien peur que ce soit une mauvaise surveillance."

"Très triste pour la pauvre Miss Aked , n'est-ce pas ?" dit-elle, et quelque chose dans le ton poussa Richard à la regarder.

"Oui," acquiesça-t-il.

" Bien sûr que tu l'aimes bien ? "

"Je la connais à peine, c'est le vieil homme que je connais", répondit-il avec prudence.

"Eh bien, si vous me le demandez, je pense qu'elle est un peu distante."

"Peut-être que c'est seulement sa manière."

"Tu l'as remarqué aussi, n'est-ce pas ?"

"Pas du tout. Je l'ai vraiment très peu vue."

« Vous redescendez ce soir ?

"Je peux le faire."

Rien ne s'était passé entre Adeline et lui quant à sa vocation ce jour-là, mais lorsqu'il arriva rue Carteret , elle accepta évidemment sa présence comme une évidence, et il en fut content. Son attitude ne rappelait pas la scène de la nuit précédente. Il n'est pas resté longtemps. L'état de M. Aked est resté inchangé. Adeline l'avait veillé toute la journée pendant que la nourrice dormait, et maintenant elle avouait une indisposition.

"J'ai mal aux os", dit-elle en essayant de rire, "et je me sens malheureuse, même si dans les circonstances, il n'y a rien d'étrange à cela."

Il craignait qu'elle ne soit malade à cause de la grippe, contractée par son oncle, mais il ne dit rien, de peur de l'alarmer sans raison. Le lendemain, son appréhension était pourtant justifiée. Dans la soirée, alors qu'il se rendait à la maison, il rencontra le médecin en haut de la rue Carteret et l'arrêta.

"Vous êtes un ami de M. Aked , hein ?" dit le médecin en examinant Richard à travers ses lunettes cerclées d'or. "Eh bien, allez et faites ce que vous pouvez. Miss Aked a la grippe maintenant, mais je ne pense pas que ce sera une crise grave si elle fait attention. L'état du vieil homme est grave. Vous voyez, il n'a pas de constitution. , bien que ce ne soit peut-être pas un inconvénient dans ces cas-là, mais lorsqu'il s'agit d'une pneumonie double basique, avec fièvre et complications cardiaques, pouls 140, respiration 40, température 103 à 104, il n'y a pas beaucoup de chance. Mais c'est une magnifique infirmière, et elle aura les bras occupés. Nous devrions bien en envoyer une autre, d'autant plus que Miss Aked veut aussi s'en occuper... Soyez bénis, continua-t-il en réponse à une question de Richard : "Je ne peux pas le dire. Je lui ai injecté de la strychnie ce matin, et ça a soulagé, mais il pourrait mourir dans la nuit. Par contre, il pourrait guérir. D'ailleurs, ils semblent n'avoir aucune relation, sauf un " C'est la cousine de M. Aked qui vit dans le nord. Je lui ai télégraphié. Bonsoir. Voyez ce que vous pouvez faire. Je dois me faire opérer dans deux minutes. "

Richard s'est présenté à l'infirmière, lui a expliqué qu'il avait vu le médecin et lui a demandé s'il pouvait lui venir en aide. C'était une jeune fille mince d'environ vingt-trois ans, avec des yeux sombres et scintillants et des oreilles blanches étonnamment petites ; son uniforme bleu, fait du même imprimé qu'une robe de servante, était ajusté sans pli, et son immense tablier était neigeux. Sur un revers en lin, il y avait une tache ; elle le remarqua en parlant à Richard et retourna adroitement le bracelet sous son regard.

« Je suppose que vous connaissez assez bien les Aked ? elle a interrogé.

"Eh bien, plutôt bien," répondit-il.

« Connaissez-vous des amies à eux, des femmes, qui habitent à proximité ?

"Je suis presque sûr qu'ils n'ont pratiquement aucune connaissance. Je n'ai jamais rencontré personne ici."

"C'est très gênant, maintenant que Miss Aked est malade."

La mention d'Adeline lui donna l'occasion de s'enquérir plus particulièrement de son état.

"Il n'y a rien à craindre", dit l'infirmière, "seulement elle doit rester au lit et se tenir bien tranquille."

"J'avais l'impression qu'hier soir, elle avait l'air malade", dit-il sagement.

"Tu étais ici hier soir ?"

"Oui, et la veille au soir."

"Oh ! Je ne savais pas..." L'infirmière s'arrêta un instant. "Pardonnez-moi si je suis indiscret, mais êtes-vous fiancé à Miss Aked ?"

"Non," dit brièvement Richard, ne sachant pas s'il rougissait ou non. Les yeux de l'infirmière pétillaient, mais sinon sa gravité impassible ne souffrait pas de diminution. "Pas du tout", a-t-il ajouté. "Je ne suis qu'un ami, soucieux de faire tout ce que je peux."

"Je vais te demander de faire du marketing pour moi", décida-t-elle soudainement. "La bonne est assise avec M. Aked - il est un peu plus facile pour le moment - et Miss Aked , je crois, dort. Si je vous donne une liste, pourrez-vous découvrir les magasins ? Je connais assez bien ce quartier ."

Richard pensait pouvoir découvrir les boutiques.

"En attendant, je vais prendre un bain. Cela fait vingt-quatre heures que je n'ai eu aucun repos digne de ce nom et je veux me rafraîchir. Ne reviens pas avant vingt minutes, sinon il n'y aura personne pour te laisser entrer. Reste , je vais vous donner la clé. Il était attaché à sa châtelaine.

Muni d'ordres écrits et d'un souverain, il sort. Bien qu'il fût absent depuis à peine un quart d'heure, elle était habillée et redescendue quand il entra, le visage aussi radieux que si elle venait de se lever. Elle comptait la monnaie, et vérifiait les différents achats avec la liste. Richard n'avait commis aucune erreur.

"Merci", dit-elle très formellement. Il s'était attendu à un petit éloge.

"Y at-il autre chose que je puisse faire?" » demanda-t-il, déterminé à ne pas se lasser de bonnes œuvres, même si ses efforts étaient reçus froidement.

"Je pense que vous pourriez vous asseoir avec M. Aked pendant un moment", dit-elle ; " Je dois absolument accorder un peu d'attention à Miss Aked , et une demi-heure de repos ne me ferait pas de mal. Voyez, il y a des pantoufles ; cela vous dérangerait-il d'enlever vos bottes et de les mettre à la place ? Merci. Vous pouvez parler à M. Demandez- lui s'il vous parle et laissez-le vous tenir la main - il le voudra probablement. Laissez-lui juste une gorgée de cognac et de lait que je vous donnerai, chaque fois qu'il le demandera. Cela ne vous dérange pas s'il grogne à tout ce que vous faites. Essayez de le calmer. N'oubliez pas qu'il est très gravement malade. Dois-je vous emmener à l'étage ?

Elle regarda Richard puis la porte ; et Richard, hésitant une fraction de seconde, passa devant elle pour l'ouvrir. Il y parvint maladroitement parce qu'il n'avait jamais fait une chose pareille pour une dame de sa vie, et il ne comprenait pas non plus quelle incitation mystérieuse l'avait amené à être si pointilleux maintenant. L'infirmière lui fit un signe de tête et le précéda jusqu'à la chambre du malade. Il ressentait ce que ressent un étudiant juste avant la remise des copies d'examen.

Une odeur de graines de lin s'échappait de la chambre lorsque l'infirmière poussa la porte.

"Reste dehors un moment", dit-elle à Richard. Il voyait la grille sur laquelle chantait une bouilloire sur un petit feu. Devant le feu se trouvait une planche avec un grand bol, une cuillère et quelques morceaux de linge. Il n'eut alors conscience que d'un bruit fort de respiration rapide et douloureuse, accompagné de gémissements et d'un râlement étrange qui lui parvenaient aux oreilles avec une netteté inquiétante. Il ne savait rien de la maladie au-delà de ce qu'on lui disait, et ces phénomènes lui inspiraient une terreur physique. Il souhaitait s'enfuir.

« Un de vos amis vient s'asseoir avec vous, M. Aked – vous connaissez M. Larch », entendit-il dire l'infirmière ; elle était visiblement occupée au lit. "Tu peux y aller maintenant, Lottie," continua-t-elle au domestique. "Lavez les choses que j'ai mises dans l'évier, puis allez vous coucher."

Richard attendait avec une attente douloureuse la voix de M. Aked .

« Mélèze… as-tu dit… pourquoi… n'est-il pas venu… avant ? Les tons étaient moins artificiels qu'il ne l'avait prévu, mais il semblait que ce n'était que par l'exercice d'une ingéniosité désespérée que l'orateur pouvait insérer les fragments d'une phrase ici et là entre ses halètements précipités.

Puis le domestique descendit.

"Entrez, M. Larch," appela agréablement l'infirmière.

Le malade, soutenu par des oreillers, était assis bien droit dans son lit, et, lorsque Richard entra , il regarda vers la porte avec l'expression d'un homme désarmé à l'affût d'un assassin. Son visage était tiré et d'une pâleur sombre, mais sur chaque joue brûlait une rougeur ; à chaque inspiration cruelle, les narines se dilataient largement, et les épaules se soulevaient dans un effort frénétique pour remplir les poumons embarrassés.

"Eh bien, M. Aked ," le salua Richard, "me voici, vous voyez."

Il ne répondit qu'un faible signe de tête et fit signe à la nourrice de lui demander le gobelet d'eau-de-vie et de lait qu'elle tenait près de sa bouche. Richard craignait de ne pouvoir rester dans la chambre et s'étonnait que l'infirmière puisse rester impassible et joyeuse au milieu de cette pitoyable altercation avec la mort. Était-elle aveugle à la terreur dans les yeux de l'homme ?

"Vous feriez mieux de vous asseoir ici, M. Larch," dit-elle doucement, désignant une chaise près du lit. "Voici la boisson ; tenez la tasse, alors. Sonnez cette cloche si vous avez besoin de moi pour quelque chose." Puis elle disparut sans bruit.

A peine s'était-il assis que M. Aked saisit son épaule pour se soutenir, et chaque mouvement du corps en difficulté se communiquait au corps de Richard. Richard conçut soudain un respect sans limites pour l'infirmière, qui avait veillé des nuits entières près de cet organisme torturé sur le lit. D'une manière ou d'une autre, l'existence commença à prendre pour lui un aspect nouveau et plus vaste ; il sentait que jusqu'à ce moment il avait parcouru le monde les yeux fermés ; la vie était plus sublime , plus terrible qu'il ne l'avait cru. Il s'est humilié devant tous les médecins, les infirmières et les soldats au combat ; eux seuls goûtèrent la vraie saveur de la vie.

L'art était une très petite chose.

Actuellement, M. Aked respirait avec un peu moins d'effort, et il semblait somnoler pendant quelques instants de temps en temps, même si Richard pouvait à peine croire qu'un semblant de sommeil était possible à un homme dans son état.

"Adeline?" » il a interrogé une fois.

"Elle va bien," dit Richard d'une manière apaisante. "Voulez-vous une gorgée ?"

Il entoura maladroitement ses lèvres grises du rebord de la tasse, but, puis repoussa le récipient d'un geste irrité.

Les fenêtres étaient ouvertes, mais l'air était parfaitement calme et le gaz brûlait sans trembler entre les fenêtres et la porte.

"Je suis étouffé", haleta le patient. « Est-ce qu'ils font tout ce qu'ils peuvent pour moi ? » Richard essaya de le rassurer.

"C'est fini... pour moi... Mélèze... je ne peux pas... continuer longtemps... je vais... je vais... il faudra qu'ils essaient... autre chose."

Ses yeux brillants étaient fixés sur Richard avec un regard attrayant. Richard se détourna.

« J'ai peur – je pensais que je ne devrais pas l'être – mais je le suis. Le docteur a suggéré le pasteur – ce n'est pas ça – j'ai dit non… Pensez-vous – que je suis en train de mourir ?

"Pas du tout", a déclaré Richard.

"C'est un mensonge, je m'en vais... C'est une grande chose, la mort, tout le monde en a peur, enfin... L'instinct !... Ça montre qu'il y a quelque chose... d'horrible derrière ça."

Si Richard avait assassiné cet homme, il n'aurait pas pu ressentir un sentiment de culpabilité plus aigu que celui qui l'opprimait à ce moment-là.

M. Aked a continué à parler, mais avec une incohérence croissante qui a progressivement viré au délire. Richard regarda sa montre. Seulement trente minutes s'étaient écoulées, et pourtant il avait l'impression que son épaule avait subi l'emprise de cette main brûlante depuis avant la nuit des temps ! Il éprouva à nouveau la sensation déconcertante d'horizons émotionnels soudain élargis.

Les gens marchaient dans la rue ; ils parlaient et riaient. Comme leurs voix étaient incongrues, joyeuses et insouciantes ! Peut-être n'avaient-ils jamais regardé près d'un lit de malade, ni écouté la respiration angoissante d'un patient atteint de pneumonie. Cette prise d'air incessante et frénétique ! Cela l'exaspérait. Si cela ne s'arrêtait pas bientôt, il devrait devenir fou. Il regarda la flamme du gaz, et la flamme du gaz devenait de plus en plus grande, jusqu'à ce qu'il ne puisse plus rien voir d'autre... Puis, après un long moment, la respiration était sûrement plus difficile ! Il y eut une agitation réverbérante dans la poitrine de l'homme qui secoua le lit. Richard aurait-il pu dormir, ou quoi ? Il démarra ; mais M. Aked s'accrochait désespérément à lui, levant ses épaules de plus en plus haut dans la lutte pour inspirer, et se penchant en avant jusqu'à ce qu'il soit presque plié en deux. Richard hésita, puis sonna. Il semblait que l'infirmière ne viendrait jamais. La porte s'ouvrit doucement.

"J'ai bien peur que son état soit bien pire", dit Richard à l'infirmière, s'efforçant de dissimuler son agitation. Elle regarda M. Aked .

"Peut-être feriez-vous mieux d'aller chercher le médecin."

À son retour, M. Aked était allongé, inconscient.

" Bien sûr , le médecin ne peut rien faire maintenant", dit l'infirmière en répondant calmement à la question dans ses yeux. "Il ne parlera plus jamais."

"Mais Miss Aked ?"

"On n'y peut rien. Je ne lui dirai rien jusqu'au matin."

"Alors elle ne le verra pas ?"

"Certainement pas. Ce serait une folie pour elle de quitter son lit."

Le médecin est arrivé et tous les trois ont discuté tranquillement de la prévalence alarmante de la grippe à cette époque de l'année et des conséquences fatales de la négligence.

"Je vous le dis honnêtement", dit le médecin, "je suis tellement surmené que je devrais me contenter de monter dans mon cercueil et de ne plus me réveiller. J'ai eu trois cas de sage-femme à 3 heures du matin cette semaine :

forceps, chloroforme et tout un tas de trucs, en plus de toute cette grippe, et j'en ai presque marre. C'est le pire de notre métier, ça vient en morceaux. Qu'en dites-vous, nourrice ?

CHAPITRE XVII

L'infirmière suggéra à Richard de rester rue Carteret pour le reste de la nuit, en utilisant le canapé du salon. Contrairement à ses attentes, il a bien dormi sans rêve pendant plusieurs heures et s'est réveillé frais et dispos. Le soleil d'été dissipait une légère brume. Une pensée l'occupait : l'isolement d'Adeline et son besoin de secours . Mentalement, il l'enveloppait d'une tendre sollicitude ; et la perspective de lui apporter une aide immédiate, et ainsi de gagner sa gratitude, contribuait à une ambiance de gaieté vigoureuse dans laquelle son chagrin pour la mort de M. Aked ne formait qu'un arrière-plan vague et lointain.

Personne ne semblait bouger. Il se lavait luxueusement dans la petite arrière-cuisine, puis, déverrouillant silencieusement la porte d'entrée, sortit se promener. Il était juste six heures, et au-dessus des arbres weazen qui bordent les deux côtés de Carteret Street, les moineaux étaient bruyamment hilarants. Tandis qu'il marchait à grands pas dans l'air frais et ensoleillé, son imagination imaginait scène après scène entre lui et Adeline dans lesquelles il rendait l'aide d'un homme et elle offrait la gratitude d'une femme. Il était déterminé à prendre sur lui tous les arrangements pour les funérailles et attendait avec plaisir des activités dont, dans d'autres circonstances, il aurait reculé avec consternation. Il pensait à la tante ou à la cousine d'Adeline, lointaines dans le nord, et se demandait si elle ou d'autres parents, s'il en existait, se présenteraient ; il espérait qu'Adeline serait contrainte de ne compter que sur lui. Un laitier qui passait avec ses canettes bruyantes remarqua Richard parler rapidement à personne visible et se retourna pour le regarder.

En rentrant à la maison, il remarqua que les stores du salon étaient fermés. Lottie, la servante aux bras potelés, nettoyait la marche ; ses yeux étaient rouges d'avoir pleuré.

"Est-ce que l'infirmière est déjà levée ?" il lui a demandé.

"Oui, monsieur, elle est dans la cuisine", gémit la jeune fille.

Il sauta par-dessus la marche mouillée et entra dans le passage. Alors que son regard tombait sur les escaliers menant à la pièce où reposait le corps de M. Aked , séparé d'Adeline inconsciente seulement par un mur de lattes et de plâtre, un sentiment inconfortable de crainte s'empara de lui. La mort était très incurable et il avait contribué à une tragédie. Comme les événements de quelques heures auparavant semblaient irréels et déformés ! Il éprouvait un curieux sentiment de partenariat dans la honte, comme si lui, l'infirmière et le médecin avaient fait du mal à Adeline la nuit dernière et conspiraient pour cacher leur péché. Que dirait-elle en sachant que son oncle était mort ? Quels seraient ses projets ? Il lui vint à l'esprit maintenant qu'elle agirait bien sûr de manière tout à fait indépendante de lui-même ; il était ridicule de supposer que lui, relativement étranger, pouvait lui tenir lieu de parents et amis ; il avait rêvé. Il était misérablement découragé.

Il se dirigea vers la cuisine et, poussant doucement la porte, trouva l'infirmière en train de préparer un repas.

« Puis-je entrer, infirmière ?

"Oui, M. Larch."

« Vous semblez avoir pris en charge la maison », dit-il en admirant ses mouvements rapides et soignés ; elle était aussi chez elle que si la cuisine avait été la sienne.

"Nous le trouvons souvent nécessaire", sourit-elle. "Les infirmières doivent être prêtes à faire la plupart des choses. Préférez-vous le thé ou le café au petit-déjeuner ?"

« Tu ne me prépares sûrement pas de petit-déjeuner ? J'aurais pu prendre quelque chose en ville.

"Bien sûr que je le suis", dit-elle. "Si vous n'êtes pas exigeant, je ferai du thé. Miss Aked a passé une assez bonne nuit... Je lui ai dit... Elle l'a très bien pris, a dit qu'elle s'y attendait. Bien sûr , il y a beaucoup " C'est à faire, mais je ne peux pas encore la déranger. Nous devrions recevoir un télégramme de Mme Hopkins, sa tante, ce matin. "

" J'aimerais que vous transmettiez un message de ma part à Miss Aked , " interrompit Richard. " Dites -lui que je serai très heureux de voir après les choses - les funérailles, vous savez, etc. - si elle s'en soucie. Je peux facilement m'arranger pour prendre des vacances loin du bureau.

"Je suis sûre que cela la soulagerait de beaucoup d'anxiété", dit l'infirmière avec appréciation. Pour cacher une certaine confusion, Richard proposa qu'on lui permette de déposer le linge dans le salon, et elle lui dit qu'il le trouverait dans un tiroir du buffet. Il s'éloigna, spéculant sur la réponse probable d'Adeline à sa proposition. Bientôt, il entendit le bruit des tasses et des soucoupes, et le pas de l'infirmière dans l'escalier. Il posa le torchon en plaçant la burette au milieu et les salerons aux coins opposés, puis s'assit devant la vitrine des livres français pour parcourir leurs titres, mais il ne vit rien d'autre qu'une tache jaune. Après un long moment , l'infirmière redescendit.

" Miss Aked dit qu'elle ne vous remerciera jamais assez. Elle vous laissera tout , tout. Elle vous en est très reconnaissante. Elle ne pense pas que Mme Hopkins pourra voyager, à cause de ses rhumatismes, et il n'y a aucun moyen de le faire. " un autre. Voici la clé du bureau de M. Aked , et quelques autres clés. Il devrait y avoir environ 20 £ en or dans la caisse, et peut-être quelques billets.

Il prit les clés, profondément heureux.

"Je vais d'abord monter au bureau", décida-t-il, "et m'arranger pour descendre, puis redescendre ici. Je suppose que vous resterez jusqu'à ce que Miss Aked aille mieux ? "

"Oh bien sûr."

"Elle sera au lit encore plusieurs jours ?"

"Probablement. Elle pourra peut-être rester assise une heure ou deux après-demain, dans sa propre chambre."

"Ça ne me servirait pas de la voir ?"

"Je ne pense pas. Elle est très faible. Non, vous devez agir sous votre propre responsabilité."

Lui et l'infirmière prenaient leur petit-déjeuner ensemble, discutant avec la liberté de vieux amis. Il lui raconta tout ce qu'il savait des Aked , sans oublier de mentionner que M. Aked et lui-même devaient collaborer à un livre. Lorsque Richard laissa échapper ces paroles, elle ne montra aucun de ces signes de révérence timide que les laïcs ont coutume de manifester en présence des gens de lettres.

"En effet!" » dit-elle poliment, puis après une petite pause : « Parfois, j'écris moi-même des vers.

"C'est vrai ? Et sont-ils publiés ?"

"Oh, oui, mais peut-être pas sur leurs mérites. Vous voyez, mon père a de l'influence..."

— Un journaliste, peut-être ?

Elle rit à cette idée et mentionna le nom d'un romancier bien connu.

"Et tu préfères soigner plutôt qu'écrire !" Richard éjacula lorsqu'il se fut remis de l'annonce.

"Pour n'importe quoi au monde. C'est pourquoi je suis infirmière. Pourquoi devrais-je dépendre de mon père ou de la réputation de mon père ?"

"Je t'admire de ne pas l'avoir fait", répondit Richard. Jusqu'à présent, il n'avait lu que de telles femmes et se demandait si elles existaient réellement. Il devint humble devant elle, reconnaissant un esprit plus fort. Pourtant, son autonomie l'irritait d'une manière ou d'une autre, et il dirigea ses pensées vers la confiance féminine d'Adeline avec un léger sentiment de soulagement.

Les funérailles ont eu lieu dimanche. Richard trouva que les formalités étaient moins nombreuses et plus simples qu'il ne l'avait imaginé, et aucune difficulté d'aucune sorte ne surgit. Mme Hopkins, comme Adeline l'avait prévu, ne put venir, mais elle envoya une longue lettre pleine de conseils et offrant à sa nièce un foyer temporaire. Adeline n'avait pas encore été autorisée à quitter son lit, mais le dimanche matin, l'infirmière lui avait dit qu'elle pourrait rester assise une heure ou deux dans l'après-midi et qu'elle aimerait voir Richard à ce moment-là.

Il revint à pied rue Carteret une fois les funérailles terminées.

"Tu es content que tout soit fini ?" dit l'infirmière.

"Oui," répondit-il un peu las. Son esprit s'était concentré sur M. Aked ce jour-là, et la futilité solitaire de la vie de cet homme l'avait touché avec un effet glacial et déprimant. D'ailleurs, maintenant qu'on en était au fait, il redoutait plutôt que désirait cette première entrevue avec Adeline après la mort de son oncle. Il craignait qu'en dépit des services qu'il avait rendus, ils ne soient guère plus que des connaissances. Il se demandait morbidement ce qu'elle lui dirait et comment il lui répondrait. Mais il fut content quand l'infirmière le laissa seul devant la porte de la chambre d'Adeline. Il frappa un peu plus fort qu'il n'avait prévu et, après avoir hésité une seconde, entra. Adeline était assise dans un fauteuil près de la fenêtre, entièrement vêtue de noir, un châle sur les épaules. Elle lui tournait le dos, mais il pouvait voir qu'elle écrivait une lettre sur ses genoux. Elle se retourna brusquement alors que la porte s'ouvrait et poussa un petit « Oh ! en même temps en levant les mains. Son visage était pâle, ses cheveux plats et ses yeux grands et brillants. Il s'approcha d'elle.

"M. Mélèze !" Elle tenait sa main dans sa fine main blanche avec une pression douce et faible, le regardant silencieusement tandis que les larmes s'accumulaient dans ses yeux retroussés. Richard tremblait de toutes les parties de son corps ; il ne pouvait pas parler et se demandait ce qui lui arrivait.

"M. Larch, vous avez été très gentil. Je ne pourrai jamais vous remercier."

"J'espère que vous ne vous soucierez pas des remerciements", dit-il. "Êtes-vous mieux?" Et pourtant il souhaitait qu'elle en dise davantage.

Avec une apparente réticence, elle lâcha sa main et il s'assit près d'elle.

" Qu'aurais-je fait sans toi !... Raconte-moi la journée. Tu ne peux pas imaginer à quel point je suis soulagé maintenant que c'est fini, les funérailles, je veux dire. "

Il a dit qu'il n'y avait rien à dire.

"Y a-t-il eu beaucoup d'autres funérailles ?"

"Oui beaucoup."

Il répondit à ses questions les unes après les autres ; elle semblait s'intéresser au moindre détail, mais aucun d'eux ne parla du mort. Ses yeux le quittaient rarement. Lorsqu'il lui suggéra de le renvoyer dès qu'elle se sentirait fatiguée, elle rit et répondit qu'elle ne serait probablement pas fatiguée avant très longtemps et qu'il devait prendre le thé avec elle et sa nourrice.

"J'écrivais à mes deux oncles à San Francisco quand vous êtes arrivé", dit-elle. « Au début, ils seront terriblement contrariés à mon sujet, les pauvres, mais je leur ai dit à quel point vous aviez été gentils, et oncle Mark disait toujours que j'avais beaucoup de bon sens, donc cela devrait les rassurer. Elle a souri.

" Bien sûr, vous n'avez pas encore fait de projets précis ?" Il a demandé.

"Non, je ne réglerai rien pour le moment. Je veux vous consulter sur plusieurs choses, mais une autre fois, quand je serai mieux. J'aurai assez d'argent, je pense, c'est un solide réconfort. Ma tante Grace – Mme Hopkins – m'a demandé d'aller rester avec elle. D'une manière ou d'une autre, je ne veux pas y aller – vous trouverez ça bizarre de ma part, j'ose dire, mais je préférerais vraiment m'arrêter à Londres.

Il remarqua qu'elle ne disait rien quant à la possibilité de rejoindre ses oncles à San Francisco.

« Je crois que j'aimerai Londres, poursuivit-elle, quand je le saurai.

"Alors tu ne penses pas à aller à San Francisco ?"

Il attendit sa réponse avec appréhension. Elle hésita. "C'est jusqu'à présent… je ne sais pas vraiment où se trouvent mes oncles…"

De toute évidence, pour une raison quelconque, elle n'avait aucune envie de quitter Londres immédiatement. Il était très content, craignant qu'elle ne décède immédiatement de lui.

Ils prirent le thé sur une petite table d'échecs ronde. L'espace exigu et la nécessité qui en résultait de mettre des assiettes de gâteau de rechange sur le lit provoquaient quelque amusement, mais en présence de la forte et brusque infirmière, Adeline semblait se retirer en elle-même, et la conversation, telle qu'elle était, dépendait de l'autre. deux.

" J'ai dit à Miss Aked , dit l' infirmière après le thé, qu'elle devait aller au bord de la mer pendant une semaine ou deux. Cela lui ferait un immense bien. Ce dont elle a avant tout besoin, c'est de changement. J'ai suggéré Littlehampton ; c'est plutôt un endroit calme, pas trop calme ; il y a de jolis paysages fluviaux, un vieux port pittoresque et de nombreux jolis villages rustiques dans le quartier . »

"Ce serait certainement une bonne chose", approuva Richard ; mais Adeline déclara, un peu irritable, qu'elle ne souhaitait pas voyager, et le projet ne fut pas discuté davantage.

Il est parti peu de temps après. Le trajet pour rentrer chez lui parut étonnamment court, et lorsqu'il arriva dans la rue Raphael , il ne se souvenait de rien des rues par lesquelles il était passé. Des idées vagues et délicieuses lui traversaient la tête, comme de fines lignes à moitié rappelées d'un grand poème. Dans sa chambre, il y avait une odeur de lampe et les fenêtres étaient bien fermées.

« Pauvre vieille logeuse, murmura-t-il avec bienveillance, quand apprendra-t-elle à laisser les fenêtres ouvertes et à ne pas éteindre la lampe ?

Après avoir décroché une des fenêtres, il éteignit la lampe et sortit sur le petit balcon. C'était une soirée chaude, avec un ciel nuageux et une brise douce et tiède. Le bruit des omnibus et des taxis venait de Brompton Road, et parfois un fiacre passait dans Raphael Street. Il resta appuyé sur le devant du balcon jusqu'à ce que l'air de la circulation se soit réduit à un grondement peu fréquent, ses pensées étant un mélange souriant et tourbillonnant impossible à analyser ou à décrire. Enfin il entra et, laissant la fenêtre entrouverte, se déshabilla lentement, sans lumière, et se coucha . Il n'avait aucune envie de dormir et n'essayait pas de le faire ; ce n'était pas contre rançon qu'il se serait séparé de la belle et pleine conscience de la vie qui palpitait dans chaque partie de son être. La brève nuit d'été touchait à sa fin ; et au moment où le soleil se levait , il s'assoupit un peu, puis se leva sans aucune trace de fatigue. Il retourna au balcon et but toute la douce fraîcheur vivifiante du matin. Les rues ensoleillées étaient enveloppées d'un silence enchanté.

CHAPITRE XVIII

Près de trois semaines plus tard arriva la lettre suivante d'Adeline. Entre-temps , elle avait fait une rechute assez grave et il ne l'avait vue qu'une ou deux fois pendant quelques minutes.

> Mon cher M. Larch, — Cette fois, je suis *sûr* que je vais de nouveau bien. L'infirmière est obligée de partir aujourd'hui, car elle est recherchée dans un hôpital, et elle m'a persuadé d'aller à Littlehampton . *immédiatement* , et m'a donné l'adresse de certaines chambres. Je quitterai Victoria demain (mercredi) par le train de 1 h 10 ; Lottie m'accompagnera et la maison sera fermée à clé. Au revoir pour le moment, si je ne te vois pas. Nous ne resterons pas plus d'une semaine ou dix jours. Je vous écrirai de Littlehampton .
>
> Toujours à vous avec gratitude,
>
> AA
>
> PS : je t'attendais ce soir.

"'Si je ne te vois pas'!" se répétait-il en souriant et en examinant la calligraphie d'Adeline qu'il n'avait jamais vue auparavant. C'était une main audacieuse mais peu distinguée. Il lut le billet plusieurs fois, puis le plia soigneusement et le mit dans son portefeuille.

En raison d'un retard inattendu au bureau, il a failli la manquer à Victoria. Le train devait partir au moins une minute avant qu'il ne se précipite dans la gare ; heureusement, les trains ne sont pas toujours rapides. Adeline se penchait à la portière d'une voiture pour remettre un sou à un livreur de journaux ; le garçon a laissé tomber le sou et elle a ri. Elle portait un chapeau noir avec un voile. Ses joues étaient un peu plus pleines et ses yeux moins anormalement brillants, du moins sous le voile ; et Richard pensa qu'il ne l'avait jamais vue aussi jolie.

"Ça y est, idiot, là!" disait-elle alors qu'il arrivait.

"Je pensais juste voir si tu allais bien," haleta-t-il. "J'aurais dû être ici plus tôt, mais j'ai été arrêté."

"Comme c'est gentil de ta part de te donner autant de peine !" dit-elle en lui prenant la main et en fixant intensément ses yeux sur les siens. Le gardien est venu fermer les portes.

"Bagages tout compris ?" » demanda Richard.

"Oui, merci. Lottie s'en est occupée pendant que j'obtenais les billets. Je trouve qu'elle est une voyageuse assez expérimentée ." Ce à quoi Lottie, effacée dans un coin, rougit.

"Eh bien, j'espère que vous vous amuserez." Le coup de sifflet retentit et le train s'élança brusquement. Adeline commença à lui dire au revoir.

"Je vois qu'il y a un voyage de championnat à Littlehampton dimanche", a-t-il déclaré en marchant avec le train.

"Oh ! Descends."

"Tu aimerais que je le fasse ?"

"Beaucoup."

"Je le ferai, alors. Envoyez-moi l'adresse."

Elle fit une succession de petits hochements de tête tandis que le train l'emportait.

CHAPITRE XIX

Le regard de Richard parcourut avec attente la foule bronzée d'hommes bronzés en flanelle et de filles gaiement vêtues qui bordaient le quai de la gare de Littlehampton , mais Adeline n'était pas visible. Il se sentit quelque peu déçu, puis décida qu'il l'aimait d'autant plus qu'elle n'était pas venue le rencontrer. « D'ailleurs, pensa-t-il, le train étant spécial n'est pas à l'horaire, et elle ne saurait pas quand il doit arriver.

Son logement était situé sur une longue et monotone terrasse qui s'étendait perpendiculairement au bord de la mer et tournait le dos au fleuve. Midi était proche et les rayons féroces du soleil sans nuages n'étaient tempérés par aucune brise. La rue était silencieuse, car tout le monde était soit à l'église, soit sur le sable. En réponse à sa demande, la propriétaire a déclaré que Mlle Aked était absente et qu'elle avait laissé un message indiquant que si un homme l'appelait, il devait la suivre jusqu'à la jetée. Obéissant aux instructions qui lui étaient données, Richard se trouva bientôt sur les rives du rapide Arun, avec la jetée à quelque distance en face, et au-delà la mer, qui scintillait aveuglément sous la chaleur. Des foules de gens convenablement habillés se promenaient de long en large, et un murmure de conversation sourd et langoureux flottait pour ainsi dire des cavités de mille parasols. Des enfants en sueur, dont les mains étaient irritées par des gants froissés, couraient parmi les groupes en criant bruyamment et sans se soucier de l'injonction fréquente de se rappeler le jour où l'on était. Çà et là, des infirmières poussant des poussettes faisaient de fraîches taches blanches dans la confusion des couleurs . Sur le fleuve, des bateaux et des petits yachts se dirigeaient continuellement vers la mer au gré de la marée descendante ; de temps en temps, un équipage de garçons tentait de tirer une barque à contre-courant du courant rapide, persévérait pendant quelques coups, puis, au milieu des moqueries de la rive, se laissait ignominieusement entraîner devant la jetée avec l'autre embarcation.

Richard n'avait jamais vu de point d'eau du sud auparavant, et il s'attendait avec tendresse à quelque chose de différent de Llandudno , Rhyl ou Blackpool, quelque chose de moins froid et de plus continental. Littlehampton n'a pas répondu à ses attentes. C'était une ville manufacturière peu pittoresque , et ses visiteurs d'été étaient des gens infestés de la classe moyenne inférieure, vêtus de façon criarde et ignorants dans l'art du plaisir. Le pur accent de Londres résonnait de toutes parts sur les lèvres des employés, des vendeuses et de leurs proches. Richard oublia qu'il était lui-même employé, ce qui n'avait pas l'air déplacé dans cette scène.

Bientôt, il aperçut une femme qui semblait appartenir à une autre sphère. Elle était penchée sur le parapet de la jetée, et bien qu'un parasol noir et blanc cachait entièrement sa tête et ses épaules, la jupe noire simple et parfaitement tombante, le pied soigneusement chaussé, la petite main doucement gantée avec un mince cercle d'or au poignet, cela suffisait pour le convaincre que, par un étrange hasard, se trouvait ici une de ces créatures exquises qui, le samedi après-midi, passaient devant le bout de Raphael Street pour se rendre à Hurlingham ou à Barnes. Il se demanda ce qu'elle faisait là et essaya de déterminer les subtilités de son comportement et de son costume qui constituaient la nette différence entre elle et les autres filles sur la jetée. A ce moment, elle se redressa et se retourna. Eh bien, elle était toute jeune... Il s'approcha d'elle... C'était Adeline.

L'étonnement était si clairement écrit sur son visage qu'elle rit pendant qu'ils échangeaient des salutations.

"Vous semblez surpris du changement en moi," dit-elle brusquement. " Savez-vous que j'adore les vêtements, même si je viens tout juste de le découvrir. La première chose que j'ai faite en arrivant ici a été d'aller à Brighton et de dépenser des sommes faramineuses chez une couturière. Vous voyez, il n'y avait pas de " " C'est mon séjour à Londres. Vous ne me méprisez pas pour cela, j'espère ? J'ai beaucoup d'argent, assez pour durer très, très longtemps. "

Elle était éblouissante et se réjouissait ouvertement de l'effet que son apparence produisait sur Richard.

"Vous n'auriez pas pu faire mieux", répondit-il, découvrant soudain avec chagrin que son propre costume en serge était usé et en mauvais état.

"Je suis soulagée", dit-elle; "J'avais peur que mon ami me trouve vaniteux et extravagant." Sa manière de dire « mon amie » – moitié moquerie, moitié déférence – procura à Richard une intense satisfaction.

Ils marchèrent jusqu'au bout de la jetée et s'assirent sur un siège en pierre.

"N'est-ce pas beau ?" s'exclama-t-elle avec enthousiasme.

"Quoi... la ville, ou les gens, ou la mer ?"

"Tout. Je ne suis presque jamais allé au bord de la mer de toute ma vie et je trouve que c'est charmant."

"La mer serait splendide si on pouvait la voir, mais elle aveugle même le simple fait de la regarder par cette chaleur."

"Vous aurez la moitié de mon parasol." Elle le lui posa avec un geste protecteur.

"Non, non," rétorqua-t-il.

"Je dis oui. Pourquoi les hommes ne portent-ils pas de parasols ? C'est seulement leur fierté qui les arrête... Alors tu n'aimes pas la ville et les gens ?"

"Bien-"

"J'aime voir beaucoup de monde. Et vous le feriez aussi si vous aviez été soigné comme moi. Je n'ai jamais vu une vraie foule. Il y a des coups de cœur quand vous allez au théâtre, parfois, n'est-ce pas ? "

"Oui. Les femmes s'évanouissent."

"Mais je ne devrais pas. J'aurais donné n'importe quoi il n'y a pas si longtemps pour avoir un de ces béguins. Maintenant, bien sûr, je peux juste me faire plaisir. Quand nous serons de retour à Londres, pensez-vous que je pourrais vous persuader de prendre moi?"

"Vous pourriez," dit-il, "si vous le demandiez gentiment. Mais les jeunes filles qui portent des vêtements comme les vôtres ne fréquentent généralement pas la fosse, où se trouvent les béguins. Les stands ou les cercles vestimentaires seraient plus dans votre style. Je propose que nous prenions " Le cercle vestimentaire. Vous n'apprécieriez pas que votre béguin y entre, mais au Lyceum et dans certains autres théâtres, il y a un béguin tout à fait supérieur qui sort des stands et du cercle vestimentaire. "

"Oui, c'est mieux. Et j'achèterai plus de vêtements. Oh ! Je gaspillerai terriblement. Si le pauvre vieil oncle savait comment son argent devait être dépensé..."

Un petit enfant, poursuivi par un encore moins, tomba à plat ventre devant eux et se mit à pleurer. Adeline le ramassa, perdant son parasol, et embrassa les deux enfants. Puis elle sortit de sa poche un papier de chocolats et en donna plusieurs à chaque enfant, et ils s'enfuirent sans dire merci.

"Avoir un?" Elle offrit le sac à Richard. "C'est un autre luxe auquel je vais m'offrir : des chocolats. N'en prends qu'un, pour me tenir compagnie", a-t-elle lancé. "Au fait, à propos du dîner. J'ai commandé un dîner pour nous deux dans ma chambre, mais nous pouvons améliorer cela. J'ai découvert un charmant petit village à quelques kilomètres de là, Angmering, tous les vieux cottages et pas d'égouts. Conduisons là dans une Victoria et pique-niquer dans un chalet. Je connais l'endroit exact pour nous. Il n'y aura personne là-bas pour vous ennuyer.

"Mais tu aimes les 'gens', donc ça ne marchera pas du tout."

"Je me passerai de 'personnes' pour cette journée."

"Et qu'allons-nous manger pour le dîner ?"

"Oh ! Des œufs, du pain, du beurre et du thé."

« Du thé pour le dîner ! Pas très solide, n'est-ce pas ?

"Gourmand ! Si vous avez un si gros appétit, mangez encore quelques chocolats, ils vous l'enlèveront."

Elle se leva, désignant une Victoria au loin.

Il la regardait sans se lever, et leurs regards se croisaient avec des sourires. Puis lui aussi se leva. Il pensait qu'il ne s'était jamais senti aussi heureux. Une vision enivrante de félicités futures s'est momentanément imposée, pour ensuite s'effacer devant l'actualité du présent.

Le Victoria s'arrêta chez Adeline. Elle appela par la fenêtre ouverte Lottie, qui sortit et reçut l'ordre de dîner seule, ou avec la logeuse si elle préférait.

"Lottie et Mme Bishop sont de très bonnes amies", a déclaré Adeline. "Cette idiote préférerait rester à la maison pour aider Mme Bishop à faire le ménage plutôt que d'aller à la plage avec moi."

"Elle doit en effet être idiote. Je sais laquelle je dois choisir !" Cela semblait être une remarque d'une maladresse indicible, après qu'il l'ait dit, mais le léger sourire d'Adeline ne trahissait aucune insatisfaction. Il se dit qu'il aurait été plus heureux si elle l'avait totalement ignoré.

La voiture roulait doucement sur les routes poussiéreuses, passant tantôt sous les arbres, tantôt contournant des champs de coquelicots dont l'écarlate vif empiétait presque sur la route elle-même. Richard s'allongea, comme il avait vu des hommes le faire dans le Parc , son épaule touchant légèrement celle d'Adeline. Elle parlait sans cesse, quoique lentement, de sa voix basse, et ses tons se mêlaient au trot mesuré du cheval affaibli, et berçaient Richard jusqu'à une quiétude sensuelle. Il tourna légèrement son visage vers le sien et, avec un soin rêveur, examina ses traits, la fossette de sa joue qu'il n'avait jamais remarquée auparavant, les courbes de son oreille, ses dents, ses cheveux noirs et lisses, les jeux de lumière dans ses yeux. ; puis son regard se portait sur son grand chapeau de feutre, posé de façon envoûtante sur la petite tête, puis, pendant un instant, il regardait le dos vert jaunâtre de l'imperturbable conducteur, qui roulait encore et encore, sans se douter que l'enchantement était derrière lui. .

Ils consommaient les œufs, le pain, le beurre et le thé promis par Adeline ; et ils remplirent leurs poches de fruits. C'était l'idée d'Adeline. Elle s'adonnait au plaisir comme une enfant. Quand le soleil était moins fort, ils se promenaient dans le village, s'asseyant fréquemment pour admirer son pittoresque continu. Le temps s'écoulait avec une rapidité étonnante ; Le train de Richard partait à sept heures vingt-cinq et déjà, alors qu'ils se trouvaient au bord du minuscule affluent de l'Arun, l'horloge d'un grand-père dans une maison voisine sonnait cinq heures. Il était tenté de ne rien dire du train, de se laisser tranquillement rater et de monter par le premier train ordinaire le lundi matin. Mais bientôt Adeline s'enquit de son retour, et ils repartirent à pied vers Littlehampton ; la voiture avait été renvoyée. Il inventait des prétextes pour flâner, la faisait asseoir sur les murs pour manger des pommes, essayait de se perdre dans les sentiers détournés, protestait de ne pouvoir tenir le rythme qu'elle lui imposait ; mais en vain. Ils arrivèrent à la gare à sept heures et quart exactement. La plate-forme était occupée et ils se dirigèrent vers l'extrémité et se tinrent près du moteur.

"J'aurais aimé que le train ne parte pas si tôt", a-t-il déclaré. "Je suis sûr que l'air marin me ferait beaucoup de bien, si je pouvais en avoir assez. Quelle belle journée ce fut !" Il soupira sentimentalement.

"Je ne me suis jamais autant amusée", a-t-elle déclaré avec insistance. « Supposons que nous suppliions le conducteur du moteur de rester immobile pendant quelques heures ? » Le sourire de Richard était inattentif.

"Vous êtes sûre que vous n'en avez pas fait trop", dit-il avec une sollicitude soudaine, en la regardant à moitié anxieuse.

"Moi ! pas du tout. Je vais à nouveau parfaitement bien." Ses yeux trouvèrent les siens et les fixèrent, et il lui sembla que des messages mystiques allaient et venaient .

"Combien de temps penses-tu rester ?"

"Pas longtemps. Ça devient plutôt ennuyeux d'être seul. Je pense revenir samedi."

« Je pensais redescendre samedi pour le week- end, prendre un ticket week-end », dit-il ; "mais bien sûr, si—"

" Dans ce cas, je devrais rester encore quelques jours. Je ne pouvais pas me permettre de vous priver de l'air marin qui vous fait tant de bien. Samedi prochain, j'aurai peut-être découvert d'autres endroits agréables à visiter, peut-être même plus jolis que Angmering... Mais vous devez entrer.

Il aurait donné alors beaucoup pour pouvoir dire avec fermeté : « J'ai changé d'avis. Je resterai cette nuit à l'hôtel et je prendrai le premier train demain. Mais cela exigeait plus de décision qu'il n'en possédait, et quelques instants plus tard , il lui faisait signe au revoir depuis la fenêtre de la voiture.

Il y avait plusieurs autres personnes dans le compartiment, une vendeuse timide et son amant d'âge moyen, évidemment employés du même établissement, et un artisan avec sa femme et un jeune enfant. Richard les observait attentivement et trouvait un plaisir curieux et nouveau dans tous leurs gestes inconsidérés et dans tout ce qu'ils disaient. Mais il surveillait surtout l'amant de la vendeuse, qui ne cachait pas qu'il habitait au septième ciel. Richard sympathisait avec cet homme. Son regard tomba sur lui doucement, avec bienveillance. Alors que le train passait gare après gare, il se demandait ce que faisait Adeline, maintenant, et maintenant, et maintenant.

Le samedi suivant, il prit le thé avec Adeline chez elle. Le train était en retard, et au moment où ils furent prêts pour la promenade du soir sans laquelle aucun visiteur du bord de mer ne considère la journée comme terminée, il était près de neuf heures. La plage ressemblait à une fête foraine ou à un sillage du nord du pays. Les prestidigitateurs, les cracheurs de feu et les ménestrels attiraient chacun un public ; mais l'attraction principale était un homme et une femme qui portaient des masques et étaient généralement considérés comme des personnes distinguées envers lesquelles le sort avait été méchant. Ils avaient un piano dans une charrette tirée par un âne et la femme chantait en compagnie de l'homme. Juste au moment où Richard et Adeline arrivaient, la représentation de "The River of Years" était annoncée.

« Écoutons ça », dit Adeline.

Ils se tenaient au bord de la foule. La femme avait une voix de contralto riche et chantait avec émotion, et ses auditeurs étaient généreux en applaudissements et en cuivres.

« Je me demande qui elle est, murmura Adeline avec un brin de mélancolie. Je me demande qui elle est. J'adore cette chanson.

"Oh, probablement un chanteur de concert en panne," dit sèchement Richard, "avec un mari ivre."

"Mais elle chantait magnifiquement. Elle m'a fait me sentir, vous savez, drôle... Une sensation agréable, n'est-ce pas ?" Elle leva les yeux vers lui.

"Oui," dit-il en lui souriant.

"Tu ris."

" En effet , je ne le suis pas. Je sais parfaitement ce que vous voulez dire. Peut-être que je l'avais aussi à ce moment-là... un peu. Mais la chanson est un peu cheap. "

" *Je* pourrais l'écouter tous les jours et ne jamais m'en lasser. Ne pensez-vous pas que si une chanson donne à *quelqu'un* ce sentiment, il doit y avoir du bon dedans ? "

" Bien sûr , c'est bien mieux que la plupart des autres ; mais... "

" Mais pas à la hauteur de ces chansons classiques dont tu m'as parlé — la première fois que je t'ai vu, n'est-ce pas ? Oui, Schubert : c'était le nom ? Je veux les avoir, et tu dois me montrer les meilleures, et jouez les accompagnements, et ensuite je jugerai par moi-même.

"Je vais faire un sacré gâchis avec les accompagnements ; ce n'est pas vraiment facile, tu sais."

"C'est plein d'altérations, n'est-ce pas ? Je ne les aimerai donc pas. Je n'aime jamais ce genre de chanson."

"Mais vous le ferez ; vous le devez."

"Dois je?" » murmura-t-elle presque, sur un ton de soumission douce et féminine. Et après une seconde ou deux : "Alors j'essaierai, si cela peut te garder de bonne humeur."

Ils se tenaient face à la mer. Elle regarda droit devant elle dans le lointain sombre, puis se tourna vers lui avec une expression faussement plaintive, et ils rirent tous les deux.

« Ne serait-ce pas mieux au bord de la rivière, suggéra-t-il, là où il y a moins de monde ?

Un peu à sa grande surprise, elle reconnut que c'était certainement plutôt bruyant et bondé sur la plage le samedi soir, et ils tournèrent le dos au rivage. La lune s'était levée et brillait par intervalles à travers les nuages. Pendant quelques dizaines de mètres, ils marchèrent en silence. Alors Adeline dit :

"C'est très ennuyeux ici pendant la semaine pour une pauvre célibataire comme moi. Je rentrerai chez moi lundi."

"Mais pensez à Londres par ce temps."

"J'y pense. Je pense aux parcs, aux restaurants et aux théâtres."

"Les bons cinémas sont fermés maintenant."

"Eh bien, les music-halls. Je n'y suis jamais allé, et s'ils sont très coquins, alors j'ai très envie d'y aller. En plus, il y a beaucoup de théâtres ouverts. J'ai lu toutes les publicités de théâtre dans les "Telegraph", et il doit y avoir beaucoup de choses à voir. Vous ne pensez peut-être pas que cela vaut la peine d'être vu, mais j'apprécierais n'importe quel théâtre.

"Je crois que tu le ferais", dit-il. "J'étais comme ça."

"Jusqu'à présent, je n'ai pas eu de vrai plaisir, ce que j'appelle du plaisir, et je vais juste l'avoir. Je m'installerai après."

"Est-ce que ton oncle ne t'a pas beaucoup emmené ?"

"Je devrais dire que non. Il m'a emmené à un concert une fois. C'était tout... en près de deux ans. Je suppose qu'il ne lui est jamais venu à l'esprit que je menais une vie ennuyeuse."

Elle fit un mouvement de la main, comme pour se débarrasser d'elle de toute la morne quotidienneté de son existence rue Carteret.

"Vous pourrez bientôt rattraper le temps perdu", dit joyeusement Richard.

Son imagination était tournée vers un avenir rose, imaginant avec vivacité les gaiesté légères, bohèmes, non conventionnelles, artistiques, dans lesquelles lui et elle devraient s'unir. Il se voyait, lui et Adeline, devenir de plus en plus chers l'un à l'autre, et encore plus chers, son esprit s'épanouissant comme une fleur et se révélant de jour en jour de nouvelles beautés. Il vit ses yeux briller lorsqu'ils rencontrèrent les siens ; j'ai senti la douce pression de sa main; entendit sa voix vaciller de tendresse, attendant son aveu. Et puis vint sa propre déclaration audacieuse : « Je t'aime, Adeline », et ses lèvres chaleureuses et volontaires se posèrent sur les siennes. Dieu! Rêver de telles béatitudes !

Elle avait légèrement accéléré le pas. Les quais étaient silencieux et déserts, à l'exception de ces deux-là. Bientôt, les mâts s'élevèrent vaguement sur le ciel et ils s'approchèrent d'un grand navire. Richard se pencha par-dessus le parapet pour déchiffrer le nom inscrit sur ses arcs. "Juliane", épela-t-il.

"C'est norvégien ou danois."

Ils s'attardèrent quelques instants, observant les mouvements des silhouettes obscures sur le pont, écoutant le bavardage musical d'une langue inconnue et respirant cette atmosphère de romantisme et d'aventure que les navires étrangers emportent avec eux depuis des terres étrangères ; puis ils ont continué leur route.

"Faire taire!" s'écria Adeline en s'arrêtant et en touchant le bras de Richard.

Les marins chantaient une musique moderne et pittoresque.

"Qu'est-ce que c'est?" demanda-t-elle quand ils eurent fini un vers.

"Ce doit être une chanson folklorique norvégienne. Elle me rappelle Grieg."

Un autre couplet a été chanté. Il commença à pleuvoir, des gouttes chaudes d'été.

"Tu seras mouillé", dit Richard.

"Pas grave."

Un troisième couplet suivit, puis un nouvel air commença. Il a plu plus vite.

"Viens ici à l'abri du mur", lui conseilla Richard en lui prenant timidement le bras. "Je pense voir une arcade."

« Oui, oui », murmura-t-elle avec un doux acquiescement ; et ils restèrent longtemps ensemble en silence sous l'arcade, tandis que les marins norvégiens, insouciants du temps, chantaient chanson après chanson.

Le lendemain matin, le ciel s'était à nouveau dégagé, mais il y avait de la brume sur la mer calme. Ils marchaient paresseusement sur le sable plat. Au début , ils étaient presque seuls. La brume intensifiait les distances ; un groupe de petits enfants pagayant dans un pied d'eau semblait se trouver à des kilomètres. Lentement, la brume s'est dissipée par le soleil et la plage s'est peuplée de visiteurs en tenue du dimanche. Dans l'après-midi, ils se rendirent à Angmering, Adeline n'ayant trouvé aucun refuge préférable.

« Vous n'avez pas de train à prendre ce soir, dit-elle ; " quel soulagement ! Voulez-vous commencer très tôt demain ? "

"Je ne suis pas particulier", répondit-il. "Pourquoi?"

"Je pensais que Lottie et moi prendrions le même train que toi, mais peut-être que tu ne te soucieras pas d'être dérangé par les femmes et leurs bagages."

" Si vous avez vraiment l'intention de revenir demain, je télégraphierai à Curpet de ne m'attendre qu'après le déjeuner, et nous partirons à une heure raisonnable. "

Il la laissa chez elle alors que l'horloge sonnait onze heures ; mais au lieu de se diriger directement vers son hôtel, il se détourna vers la rivière pour jeter un dernier coup d'œil à la Juliane. Curieusement, il se mit à pleuvoir et il s'abrita sous l'arche où il s'était tenu avec Adeline la nuit précédente. A bord du « Juliane », c'était l'agitation. Il devina que le navire était sur le point de lever l'ancre et de descendre avec la marée. Juste après minuit, elle s'éloigna prudemment du quai, au milieu d'appels rauques et de cliquetis de chaînes et de blocs.

CHAPITRE XX

Pendant le voyage vers la ville, Adeline ne parlait que de son intention de goûter à tous les divertissements que Londres avait à offrir. Elle posait d'innombrables questions avec la persévérance d'une enfant curieuse, tandis que Lottie se cachait modestement derrière un exemplaire de "Tit Bits", qui avait été acheté pour elle.

"Maintenant, je vais lire les noms des pièces annoncées dans le Telegraph," dit-elle, "et vous devrez me dire à quoi ressemble chacune d'elles, et si les acteurs sont bons, et les actrices jolies, et des choses de ce genre. ".

Richard entra avec entrain dans la conversation. Il était d'humeur bruyante et la trouvait très disposée à se divertir. Un jour, alors qu'il utilisait un terme technique, elle l'arrêta : « Souviens-toi, je ne suis jamais allée au théâtre. Dimanche, elle avait fait plusieurs fois la même remarque. On aurait dit qu'elle aimait insister sur ce point.

La matinée était délicieuse, pleine de lumière et de fraîcheur, et la campagne engourdie que traversait le train à toute vitesse offrait un contraste doux et piquant avec les thèmes urbains et éclairés par le gaz dont ils discutaient. Même si le soleil brillait avec puissance, Adeline ne laissait pas fermer les stores, mais parfois elle utilisait le journal pour se protéger, ou courbait la tête pour que le large bord de son chapeau puisse passer entre ses yeux et le soleil. Au bout d'une heure, la conversation se ralentit quelque peu. Tandis que Richard, de sa place d'en face, regardait tantôt Adeline, tantôt le paysage, un parfait contentement l'envahit. Il aurait souhaité que la distance jusqu'à Londres puisse être décuplée et se réjouissait de chaque retard. Puis il a commencé à ne pas comprendre le sens de ses questions et elle a dû les répéter. Il examinait son cœur. "Est-ce l'amour?" ses pensées couraient. "Est-ce que je l'aime vraiment maintenant,— *maintenant* ?"

Lorsque le train s'est arrêté à New Cross et que Richard a dit qu'ils seraient au London Bridge dans quelques minutes, elle a demandé quand il descendrait à Carteret Street.

"À tout moment", dit-il.

"Demain soir?"

Il avait espéré qu'elle réparerait le problème le soir même. "Quand va commencer le théâtre ?" » il a demandé.

Elle rit vaguement : « Bientôt.

« Supposons que je réserve des places pour la Comédie ? »

"Nous en parlerons demain soir."

Il semblait que son désir de détente de la vie citadine avait soudainement perdu son instant.

Dès qu'il est arrivé au bureau, il a écrit une note à M. Clayton Vernon. Quelque trois cents livres lui revenaient en vertu du testament de William Vernon, et il avait prévu de laisser M. Clayton Vernon investir cette somme pour lui ; mais la lettre demandait qu'un chèque de 25 £ soit envoyé par retour de courrier. Plus tard dans l'après-midi, il se rendit chez un tailleur à Holborn et commanda deux costumes.

Il devint agité et introspectif, s'efforçant en vain d' analyser ses sentiments envers Adeline. Il aurait aimé lui-même suggérer de lui rendre visite ce soir-là, au lieu de lui permettre de l'appeler mardi. En rentrant chez lui, il regarda la lettre qu'il avait reçue d'elle quinze jours auparavant, puis, la mettant dans une enveloppe propre, la rangea soigneusement dans son écritoire. Il sentit qu'il devait conserver toutes ses lettres. La soirée s'éternisait dans un ennui désolant. Une fois, il descendit avec l'intention d'aller au théâtre, mais il revint avant d'avoir déverrouillé la porte d'entrée.

Mme Rowbotham prépara son souper ce soir-là et il commença à lui raconter ses vacances, mentionnant, avec une *naïveté fictive* , qu'il les avait passées en compagnie d'une jeune femme. Bientôt, il raconta toute l'histoire de sa connaissance des Aked . Elle a chaleureusement loué sa gentillesse envers Adeline.

« Ma Lily tient compagnie à un jeune homme », dit-elle après une pause ; C'est un jeune homme respectable, conducteur de bus. C'est son soir de congé, et ils sont allés au Concert Promenade. Au début, je n'aimais pas qu'elle vienne, mais, Dieu merci, il faut céder. Les jeunes sont les jeunes, partout dans le monde... Mais il faut que je redescende. Ce soir, je dois tout faire moi-même. Ah ! quand une fille tombe amoureuse, elle oublie sa mère. C'est naturel, je supposez. Eh bien, M. Larch, ce sera bientôt votre tour, j'espère. Sur ce, elle quitta rapidement la pièce, manquant l'avertissement précipité de Richard.

" Alors tu es fiancée, Lily, " dit-il à la jeune fille le lendemain matin.

Lily rougit et hocha la tête ; et tandis qu'il la regardait dans les yeux, il avait une envie poignante de la soirée.

CHAPITRE XXI

Ils s'assirent près de la fenêtre et parlèrent jusqu'à ce que le jour commence à décliner et que l'allumeur de lampe soit passé dans la rue. Plusieurs questions d'affaires nécessitaient une discussion : la preuve du testament de M. Aked , la location de la maison et l'ouverture d'un nouveau compte bancaire. Richard, qui agissait officieusement comme conseiller juridique, à la manière des clercs de notaires envers leurs amis, sortit de sa poche des papiers pour faire signer Adeline. Elle prit immédiatement un stylo.

"Où dois-je mettre mon nom ?"

"Mais tu dois les lire d'abord."

"Je ne devrais pas les comprendre du tout", dit-elle; " et à quoi bon employer un avocat, si on se donne la peine de lire tout ce qu'on signe ? "

— Eh bien, s'il vous plaît. Demain, vous devrez vous présenter devant un commissaire aux serments et jurer que certaines choses sont vraies ; vous serez obligé de lire les affidavits.

"Je ne le ferai pas ! Je vais juste le jurer."

"Mais tu dois absolument le faire."

" Je ne le ferai pas . Si je jure des mensonges, ce sera de ta faute. "

« Et si je vous les lisais ?

"Oui, ce serait mieux ; mais pas maintenant, après le souper."

Pendant quelques instants, il y eut un silence. Elle se leva et passa son doigt en courbes fantaisistes sur la vitre. Richard la regardait avec un sourire de contentement luxueux. Il lui semblait que tous ses mouvements, chaque inflexion de sa voix, sa moindre parole avaient l'authenticité et la grâce intrinsèque des phénomènes naturels. Si elle tournait la tête ou tapait du pied, le geste était juste, ayant la convenance qui naît d'une inconscience absolue. Sa simple existence d'un instant à l'autre semblait suggérer d'une manière mystérieuse une solution possible à l'énigme de la vie. Elle a illustré la nature. Elle faisait pour lui intimement partie de la nature, de la grande Nature qui se cache des villes. La regarder lui procurait un plaisir curieusement semblable à celui que le citadin éprouve dans un paysage rural. Son visage avait peu de beauté conventionnelle ; sa conversation ne contenait aucune allusion ni à des facultés intellectuelles ni à une capacité de sentiment profond. Mais dans son cas, selon lui, ces choses étaient inutiles, et auraient même été superflues. Elle *l'était* et cela suffisait.

Mêlées au plaisir que lui procurait sa proximité, il y avait des sensations subordonnées mais distinctes. À l'exception de sa sœur Mary, il n'avait jamais eu de relations intimes avec une quelconque femme, et il se rendit compte avec exaltation que maintenant, pour la première fois, les latences de la virilité étaient éveillées. Son amitié - si ce n'était rien d'autre - avec cette créature gracieuse et impénétrable semblait une chose dont on pouvait être très fier, dont on pouvait se réjouir en secret, à contempler avec un sourire sombre alors qu'on marchait dans la rue ou qu'on était assis dans un bus. .. Et puis, avec un choc de surprise joyeuse, à moitié incrédule, il découvrit qu'elle—elle—avait trouvé en lui une certaine attirance.

Leur solitude donnait du piquant et du piquant à la situation. De part et d'autre, il n'y avait pas de parents ou d'amis qui pourraient s'opposer ou qu'il conviendrait de consulter. Ils n'avaient qu'à penser à eux-mêmes. Personne à Londres, à l'exception de Lottie, n'était au courant de leur intimité, de la visite à Littlehampton , de leurs projets de visiter les théâtres, de sa touchante confiance en lui. Ah, cette confiance féminine et confiante ! Il le lisait fréquemment dans son regard, et cela lui donnait un sentiment de possession protectrice. Il ne s'était approché que pour lui serrer la main, et pourtant, en regardant la silhouette légère, les doigts fragiles, les touffes de cheveux qui s'échappaient sur ses oreilles, ces choses semblaient lui appartenir. Elle avait sûrement enfilé cette belle robe pour lui ; elle bougeait sûrement avec grâce pour lui, parlait doucement pour lui !

Il quitta sa chaise, alluma doucement les bougies du piano et commença à tourner quelques chansons.

"Que fais-tu?" a-t-elle demandé depuis la fenêtre.

"Je veux que tu chantes."

"Dois je?"

"Certainement. Laisse-moi trouver quelque chose avec un accompagnement simple."

Elle s'approcha de lui, prit une chanson, l'ouvrit et lui demanda de la regarder.

"Trop difficile," dit-il brusquement. "Ces arpèges à la basse, je ne pourrais pas les jouer."

Elle le posa docilement.

"Bon ça?"

"Oui. Essayons ça."

Elle se rapprocha de lui, pour ne pas voir le reflet des bougies sur le papier, et mit ses mains derrière son dos. Elle s'éclaircit la gorge. Il savait qu'elle était nerveuse, mais lui-même ne ressentait pas ce sentiment.

"Prêt?" » demanda-t-il en jetant un coup d'œil autour de son visage. Elle sourit timidement, rougissante, puis acquiesça.

"Non", s'exclama-t-elle la seconde suivante, alors qu'il frappait hardiment la première corde. "Je ne pense pas que je chanterai. Je ne peux pas."

"Oh, oui, tu le feras, oui, tu le feras."

"Très bien." Elle s'est résignée.

Les premières notes étaient tremblantes, mais elle reprit rapidement courage. La chanson était une ballade de salon médiocre, et elle ne chantait pas avec beaucoup d'expression, mais à l'oreille de Richard, son faible contralto flottait au-dessus de l'accompagnement avec une qualité riche et passionnée pleine de significations intimes. Quand sa propre partie du spectacle n'était pas trop exigeante, il observait du coin de l'œil la montée et la descente de sa poitrine et pensait au sonnet de Keats ; puis il trembla soudain de peur que tout ce bonheur ne s'effondre au contact d'un destin défavorable.

"Je suppose que vous appelez ça une mauvaise chanson", dit-elle une fois la chanson terminée.

"Je l 'ai beaucoup aimé."

"Vous l'avez fait ? Je l'aime tellement et je suis content que vous l'aimiez. Devons-nous en essayer un autre ?" Elle fit cette suggestion avec une douce méfiance qui donna envie à Richard de s'abaisser devant elle, de lui demander, au nom du ciel, ce qu'elle voulait dire en le considérant comme une autorité, une personne dont la volonté devait être consultée et dont les humeurs faisaient loi .

De nouveau, elle mit ses mains derrière son dos, s'éclaircit la gorge et se mit à chanter... Il eut un aperçu de profondeurs mystiques et émotionnelles dans son esprit jusqu'alors insoupçonnées.

Lottie est arrivée avec une lampe.

« Voudriez-vous dîner ? » dit Adeline. "Lottie, dînons immédiatement."

Richard se souvint que du vivant de M. Aked , Adeline avait l'habitude d'aller à la cuisine et de s'occuper elle-même des repas ; mais évidemment cet arrangement était maintenant modifié. Elle éteignit les bougies du piano et s'installa dans le fauteuil pour poser une question sur Schubert. Le souper devait être servi sans l'aide de la maîtresse de maison. Elle avait entraîné Lottie, c'était clair. Il regarda autour de lui. Le mobilier était inchangé, mais tout avait un air de confort et de propreté inhabituel, et la belle robe d'Adeline ne semblait guère en harmonie avec l'aspect général de la pièce. Il comprit qu'elle avait des aspirations sociales. Il avait lui-même des aspirations sociales. Son imagination se plaisait à s'occuper de beaux vêtements, de beaux meubles, de bonne nourriture et de belles manières. Si ses propres manières étaient restées inélégantes, c'était parce que les efforts et la vigilance inlassables qu'aurait nécessité toute amélioration de leur grossièreté originelle étaient au-delà de sa ténacité.

Le souper était soigneusement dressé sur une nappe très blanche et les chaises étaient dressées. Lottie resta en arrière-plan pendant quelques instants ; Adeline l'appela pour un petit service, puis la renvoya.

"Tu ne veux pas du whisky ? Je sais que les hommes aiment toujours le whisky le soir."

Elle toucha une cloche sur la table.

"Le whisky, Lottie, tu l'as oublié."

Richard était presque impressionné par son attitude . Où aurait-elle pu l'apprendre ? Il se sentait un peu comme un rustre et était secrètement déterminé à se montrer à la hauteur des normes de comportement qu'elle avait fixées.

« Vous pouvez fumer », dit-elle lorsque Lottie eut débarrassé la table après le dîner ; "J'aime ça. Voici quelques cigarettes - 'Trois Châteaux' - est-ce qu'elles feront l'affaire ?" En riant, elle sortit une boîte du buffet et la lui tendit. Il se dirigea vers le canapé et elle se tenait debout, un coude posé sur la cheminée.

"A propos d'aller au théâtre..." commença-t-elle.

" Puis-je vous emmener ? Allons à la Comédie. "

"Et tu réserveras des places, pour le cercle vestimentaire ?"

"Oui. Quelle nuit ?"

"Disons vendredi... Et maintenant vous pouvez me lire ces documents."

Lorsque cette affaire fut réglée, Richard sentit d'une manière ou d'une autre qu'il devait partir, et commença à prendre congé. Adeline se tenait debout, face à lui, devant la cheminée.

"La prochaine fois que vous viendrez, vous apporterez ces chansons de Schubert, n'est-ce pas ?"

Puis elle sonna, serra la main et s'assit. Il est sorti; Lottie attendait dans le couloir avec son chapeau et son bâton.

CHAPITRE XXII

Sept ou huit semaines se sont écoulées.

Pendant ce temps, Richard passe de nombreuses soirées avec Adeline, au théâtre, aux concerts et rue Carteret. Alors qu'ils montaient en ville, il l'appela dans un fiacre. Elle le faisait généralement attendre quelques minutes. Il était assis dans le salon, écoutant le bruit des harnais et le bruit occasionnel d'un sabot à l'extérieur. Enfin, il l'entendit marcher légèrement dans l'escalier, et elle entra dans la chambre en souriant fièrement. Elle était merveilleusement bien habillée, avec une simplicité moderne et des finitions exactes, et elle lui donna son éventail pour qu'il le tienne pendant qu'elle boutonnait ses longs gants. Là où elle commandait ses robes, il n'en avait jamais la moindre idée. Ils se succédèrent rapidement, et chacun paraissait plus beau que le précédent. Tous étaient de teinte sobre ; les corsages étaient en forme de V et coupés plutôt bas.

Lottie a soigneusement placé une écharpe blanche sur la tête de sa maîtresse, puis ils sont partis. Dans la cabine, il n'y avait que peu de conversations, et celles d'un caractère insignifiant. En vain il essayait de l'entraîner dans les discussions. Il mentionna les livres qu'il avait lus ; elle n'a montré qu'un intérêt superficiel. Il expliqua pourquoi, à son avis, telle pièce était bonne et telle autre mauvaise ; en général , elle préférait la mauvaise, ou du moins affirmait qu'elle aimait toutes les pièces et qu'elle ne faisait donc pas de comparaisons. Parfois, elle discutait brièvement du comportement de certains personnages dans une pièce, mais il se trouvait rarement véritablement d'accord avec elle, même s'il était en règle générale d'accord verbalement. En musique, elle était un peu moins antipathique envers ses idéaux. Ils avaient essayé plusieurs de ses chansons classiques préférées , et il avait vu sur son visage, tandis qu'elle écoutait ou fredonnait l'air, une lueur répondant à son propre enthousiasme. Elle avait dit qu'elle en apprendrait une, mais la promesse n'avait pas été tenue, bien qu'il le lui ait rappelé à plusieurs reprises.

Ces chagrins, cependant, n'étaient que des ondulations infinitésimales sur la surface lisse de son bonheur. Tous ensemble, ils n'étaient rien comparés aux sensations qu'il éprouva en l'aidant à descendre du taxi, en pleine lumière d'une façade de théâtre. Invariablement, il surpayait le cocher, en lui tendant l'argenterie d'un geste inattentif, tandis qu'Adeline attendait sur le perron, mets délicat pour les yeux des flâneurs et des passants. Il offrit son bras et ils descendirent le vestibule et pénétrèrent dans l'auditorium. Avec quelle joie naïve elle s'installa sur son siège, respirant l'atmosphère de luxe et d'étalage comme s'il s'agissait d'ozone, souriant radieusement à Richard, puis examinant avec impatience les occupants des loges à travers un petit verre monté en argent ! Elle n'était jamais émue par les événements sur scène, et qu'il s'agisse d'une tragédie ou d'un burlesque auquel ils assistaient, elle se tournait vers Richard à la fin de chaque acte avec le même sourire heureux et satisfait, et commençait généralement à faire des remarques . sur les hommes et les femmes qui l'entourent. C'était la salle de spectacle et non la pièce de théâtre qu'elle aimait vraiment.

Après la chute du rideau, ils s'attardèrent jusqu'à ce que la majeure partie du public soit partie. Parfois, ils dînaient au restaurant. «C'est mon tour», disait-elle de temps en temps, lorsque le garçon obséquieux présentait l'addition, et donnait son sac à Richard. Au début, pour la forme, il a insisté sur son droit à payer, mais elle n'a pas voulu l'écouter. Il se demanda d'où elle avait attrapé la jolie astuce de remettre sa bourse au lieu de déposer les pièces, et il fit remonter l'origine d'une pièce qu'ils avaient vue au théâtre du Vaudeville. Pourtant elle l'a fait avec un tel naturel qu'il ne semble pas avoir été copié. La bourse était petite et contenait toujours plusieurs livres d'or et un peu d'argent. La facture payée, il la lui rendit avec un salut.

Puis vint le long et rapide chemin de retour, à travers d'interminables rues bordées de lampadaires, peuplées maintenant seulement de fiacres et de voitures particulières, devant toutes les splendeurs insolentes et criardes des clubs de Piccadilly, par les fenêtres dévoilées desquels Adeline regardait avec avidité ; devant le mystérieux parc nocturne; devant les places et les croissants sombres et solennels de Kensington et Chelsea, et ainsi dans le quartier plus méchant de Fulham. C'est lors de ces voyages de minuit, plus qu'à tout autre moment, que Richard se sentit un véritable habitant de la Cité des Plaisirs. Adeline, toute rouge de la joie de la soirée, parlait de beaucoup de choses, de sa voix basse et égale, qui ne s'élevait jamais. Richard répondit brièvement ; une réponse occasionnelle était tout ce à quoi elle semblait s'attendre.

Aussitôt, en descendant du fiacre, elle lui dit bonsoir et entra seule dans la maison, tandis que Richard dirigeait le chauffeur vers Raphael Street. Revenant ainsi, solitaire, il s'efforça de définir ce qu'elle était pour lui, et lui pour elle. Souvent, en sa présence, il se risquait à se demander : « Suis-je heureux ? Est-ce du plaisir ? Mais aussitôt qu'il l'eut quittée, ses doutes disparurent et il commença à aspirer à leur prochaine rencontre. Ses petites phrases, ses gestes sans importance lui revenaient vivement à la mémoire ; il pensait à quel point ils étaient dotés de charme. Et pourtant, était-il vraiment, vraiment amoureux ? Était-elle amoureuse ? Y avait-il eu un regain d'émotion depuis cette nuit à Carteret Street après les vacances à Littlehampton ? Il soupçonnait inconfortablement que leurs cœurs s'étaient rapprochés plus près l'un de l'autre cette nuit-là qu'à aucun autre moment depuis.

Il essayait d'attendre avec impatience le moment où il devrait l'inviter à devenir sa femme. Mais ce moment approchait-il ? Au fond de son esprit se trouvait l'appréhension que ce n'était pas le cas. Elle satisfaisait une partie de sa nature. Elle était l'esprit même de la grâce ; elle était pleine d'aplomb et d'un tact délicat ; elle avait de l'argent. De plus, sa dépendance constante envers lui, sa féminité tenace, le ton caressant et humoristique que pouvait prendre sa voix, l'affectaient puissamment. Il devina sombrement qu'il était de l'argile entre ses mains ; que tout l'avenir, même celui de son propre cœur, dépendait entièrement d'elle. Si elle le voulait, elle pourrait être sa déesse... Et pourtant, elle avait de fortes limites...

Encore une fois, était-elle amoureuse ?

Lorsqu'il se réveillait un matin , il se demandait combien de temps son bonheur actuel durerait et où il le mènerait. Un bout de conversation qu'il avait eu avec Adeline lui revenait fréquemment. Il lui avait demandé, un jour qu'elle se plaignait d'ennui, pourquoi elle ne faisait pas connaissance avec certains de ses voisins .

"Je ne me soucie pas de mes voisins ", répondit-elle sèchement.

"Mais on ne peut pas vivre sans connaissances toute sa vie."

"Non, pas toute ma vie", dit-elle avec une insistance significative.

CHAPITRE XXIII

Ils étaient allés à la National Gallery ; c'était samedi après-midi. Adeline a dit qu'elle rentrerait chez elle ; mais Richard, non sans peine, la persuada de dîner d'abord en ville ; il a mentionné un restaurant français à Soho.

Alors qu'ils remontaient Charing Cross Road, il désigna le Crabtree et rappela qu'à une certaine époque, il le fréquentait régulièrement. Elle s'arrêta pour regarder sa façade blanche et dorée. En lettres émaillées sur les fenêtres figuraient les mots : « Table d'hôte, 6 à 9, 1/6 ».

"Est-ce un bon endroit ?" elle a demandé.

"Le meilleur de Londres, de ce genre."

"Alors dînons là-bas ; j'ai souvent voulu essayer un restaurant végétarien."

Richard protesta qu'elle n'apprécierait pas cela.

"Comment le sais-tu ? Si tu y es allé si souvent, pourquoi ne devrais-je pas y aller une fois ?" Elle lui sourit et se tourna pour traverser la rue ; il est resté en retrait.

"Mais je n'y suis allé que par économie."

"Alors nous ne ferons aujourd'hui que des économies."

Il lui fit miroiter les attraits du restaurant français de Soho, mais en vain. Il était réticent à visiter le Crabtree. Très probablement, Miss Roberts serait de service à l'intérieur, et il éprouvait une réticence impénétrable à être vu par elle avec Adeline... Finalement, ils entrèrent. En regardant à travers les portes vitrées qui mènent à la grande salle à manger du premier étage, aux plafonds bas, Richard vit qu'elle était presque vide et que la caisse, où Miss Roberts avait l'habitude de s'asseoir, était pour le moment inoccupée. . Il entra en tête assez précipitamment et choisit des places dans un coin éloigné. Même si le crépuscule commençait à peine, les lumières électriques de la table étaient allumées et leurs nuances rouges formaient des îlots de lumière scintillants dans la pièce.

Richard surveillait furtivement la caisse ; Bientôt, il vit Miss Roberts s'asseoir derrière et tourna son regard vers un autre côté. Il était préoccupé et répondait au hasard aux questions amusées d'Adeline sur la nourriture. Entre la soupe et l' entrée, on les faisait attendre ; et Adeline, Richard étant taciturne, déplaçait sa chaise pour regarder autour de la pièce. Ses yeux vagabonds s'arrêtèrent sur la caisse, la quittèrent et y revinrent. Alors un sourire méprisant, quoique à peine perceptible, apparut sur son visage ; mais elle n'a rien dit. Richard la vit jeter plusieurs fois des regards curieux vers la caisse, et il sut aussi que Miss Roberts les avait découverts. En vain il s'assurait que Miss Roberts n'était pas impliquée dans ses affaires ; il ne pouvait ignorer une sensation de malaise et d'inconfort. Une fois, il crut que les regards des deux jeunes filles se croisèrent et que toutes deux se détournèrent brusquement.

Quand le dîner fut terminé, et qu'ils buvaient le café qui fait la renommée du Crabtree, Adeline dit brusquement :

"Je connais quelqu'un ici."

"Oh!" » dit Richard avec une nonchalance fictive. "OMS?"

"La fille à la caisse , Roberts, elle s'appelle."

"Où l'as-tu rencontrée ?" s'enquit-il.

Adeline rit d'un air hostile. Il fut surpris, presque choqué, par l'air dur qui transformait son visage.

"Tu te souviens d'une nuit, juste avant la mort de mon oncle", commença-t-elle en se penchant vers lui et en parlant très doucement. "Quelqu'un a appelé pendant que vous et moi étions dans le salon pour savoir comment il allait. C'était Laura Roberts. Elle connaissait mon oncle - elle vit dans notre rue. Il lui a fait l'amour - elle ne s'en souciait pas. , mais il avait de l'argent et elle l'a encouragé. Je ne sais pas jusqu'où cela est allé, je crois que je l'ai arrêté. Oh ! les hommes sont les créatures les plus étranges. Imaginez, elle n'est pas plus âgée que moi et mon oncle avait plus de cinquante ans !

"Plus vieux que toi, sûrement !" intervint Richard.

"Eh bien, pas grand-chose. Elle savait que je ne pouvais pas la supporter, et elle a appelé ce soir-là simplement pour m'ennuyer."

"Qu'est ce qui te fait penser ça?"

"Réfléchissez ! Je le sais... Mais vous devez avoir entendu parler de cette affaire. N'en a-t-on pas parlé dans votre bureau ?"

"Je crois que cela a été mentionné une fois", dit-il précipitamment.

Elle s'appuya contre le dossier de sa chaise, avec le même sourire dur. Richard était sûr que Miss Roberts avait deviné qu'ils parlaient d'elle et que ses yeux étaient fixés sur eux, mais il n'osait pas lever les yeux pour obtenir une confirmation ; Adeline regardait hardiment autour d'elle. Ils étaient antagonistes, ces deux femmes et Richard, quoi qu'il voulût, ne pouvaient réprimer une certaine sympathie pour Miss Roberts. Si elle avait encouragé les avances de M. Aked , qu'en serait-il ? Ce n'était pas un péché mortel, et il ne parvenait pas à comprendre la raison du profond mépris d'Adeline à son égard. Il voyait un petit fossé se creuser entre lui et Adeline.

« Quels cheveux terriblement roux cette fille a ! » dit-elle plus tard.

"Oui, mais ça n'a pas l'air bien !"

"Oui," acquiesça Adeline avec condescendance.

Lorsqu'il paya la note, en sortant, Miss Roberts le salua d'une inclinaison de la tête. Il croisa son regard avec régularité et essaya de ne pas rougir. Alors qu'elle vérifiait la facture avec un crayon à tapoter, il ne put s'empêcher de remarquer son visage. L'amabilité, la franchise , l'honnêteté étaient clairement inscrites sur sa jolie simplicité. Il ne croyait pas qu'elle avait été coupable d'avoir couru après M. Aked pour le bien de son argent. Les histoires racontées par Jenkins étaient sans aucun doute ingénieusement exagérées ; et quant à Adeline, Adeline se trompait.

"Bonsoir", dit simplement Miss Roberts alors qu'ils sortaient. Il leva son chapeau.

"Alors tu la connais !" » s'est exclamée Adeline dans la rue.

"Eh bien," répondit-il, "j'y vais de temps en temps depuis un an ou deux, et on fait la connaissance des filles." Son ton était plutôt irritable. Avec un sourire rapide et conquérant, elle changea de sujet, et il la soupçonna d'être astucieuse.

CHAPITRE XXIV

"Je vais en Amérique", a-t-elle déclaré.

Ils étaient assis dans le salon de la rue Carteret . Richard ne l'avait pas vue depuis le dîner au restaurant végétarien, et ce furent presque les premiers mots qu'elle lui adressa. Sa voix était aussi tranquille que d'habitude ; mais il discernait, ou croyait discerner, dans ses manières, le sentiment qu'elle était coupable envers lui, qu'au moins elle ne le traitait pas avec justice.

Le coup fut comme celui d'une balle : il ne le sentit pas immédiatement.

"Vraiment?" » demanda-t-il bêtement, puis, tout en sachant qu'elle ne reviendrait jamais : « Pour combien de temps pars-tu et dans combien de temps ?

"Très bientôt, parce que je fais toujours les choses à la hâte. Je ne sais pas pour combien de temps. C'est indéfini. J'ai reçu une lettre de mes oncles de San Francisco, et ils me disent que je dois les rejoindre; ils ne peuvent pas le *faire* . sans moi. Ils gagnent beaucoup d'argent maintenant, et aucun d'eux n'est marié… Je suppose donc que je dois obéir comme une bonne fille. Vous voyez, je n'ai pas de parents ici, à l'exception de tante Grace.

« Vous êtes nombreux à ne jamais revenir en Angleterre ?

(Est-ce qu'elle a colorié , ou était-ce la fantaisie de Richard ?)

"Eh bien, j'espère pouvoir visiter l'Europe de temps en temps. Il ne faudrait pas abandonner complètement l'Angleterre. Il y a tant de belles choses en Angleterre, — à Londres en particulier..."

Un jour, vers la fin de son enfance, il s'était présenté à un examen qu'il était sûr de réussir. Quand l'annonce de son échec lui fut annoncée, il ne parvint pas à y croire, même s'il savait depuis toujours que c'était vrai. Ses pensées étaient monotones : « Il doit y avoir une erreur ; il doit y avoir une erreur ! » et comme un petit enfant dans la nuit, il ferma résolument les yeux pour se préserver des ténèbres de l'avenir. La même puérilité le marquait désormais. En supposant qu'Adeline ait réalisé son intention, son existence à Londres s'annonçait tragiquement triste. Mais cela ne l'inquiétait pas dans l'immédiat, car il refusait d'envisager la possibilité que leur intimité soit rompue. Il avait en effet cessé de penser ; quelque part au fond de son cerveau, ses pensées l'attendaient. Pendant les deux heures suivantes (jusqu'à ce qu'il quitte la maison), il vécut machinalement, pour ainsi dire, et non par volonté, subsistant simplement sur un élan préalablement acquis.

Il s'assit devant elle et écouta. Elle commença à parler de ses oncles Mark et Luke. Elle les a décrits en détail, a raconté des histoires de son enfance et a même raconté avec eux les incidents courants de sa vie quotidienne. Elle insistait sur leur bonté de cœur et leur affection pour elle-même ; et avec tout cela, elle semblait les prendre un peu avec condescendance , comme si elle avait été habituée à les considérer comme ses esclaves.

« Ils sont plutôt démodés, dit-elle, à moins qu'ils n'aient changé. Depuis que j'ai eu de leurs nouvelles, je me demande ce qu'ils penseraient de ma participation au théâtre, etc., avec vous.

« Que devraient-ils penser ? Richard l'interrompit. "Il n'y a rien là-dedans. Londres n'est pas une ville de province, ni même une ville américaine."

"Je leur dirai tout sur toi," continua-t-elle, "et combien tu as été gentil avec moi alors que je te connaissais à peine. Tu n'aurais pas pu être plus gentil si tu avais été mon seul cousin."

"Dites 'frère'", rit-il maladroitement.

"Non, vraiment, je suis assez sérieux. Je ne t'ai jamais remercié correctement. Peut-être ai-je semblé prendre tout cela comme une évidence."

Il souhaitait au ciel qu'elle s'arrête.

« Je suis dégoûté que tu partes », grommela-t-il en mettant ses mains derrière la tête, « dégoûté ».

« À bien des égards, je suis également désolé. Mais ne penses-tu pas que je fais la bonne chose ?

« Comment puis-je le savoir ? il revint rapidement. "Tout ce que je sais, c'est que quand tu partiras , je serai laissé tout seul avec mon petit moi. Tu dois parfois penser à moi dans mon grenier solitaire." Son ton était léger et fantaisiste, mais elle ne voulait pas suivre son exemple.

"Je penserai souvent à toi", dit-elle d'un ton songeur, scrutant attentivement le bout de sa chaussure.

Il lui semblait qu'elle avait envie de dire quelque chose de sérieux, de se justifier auprès de lui, mais qu'elle ne trouvait pas le courage de formuler ces mots.

Lorsqu'il sortit de la maison, ses pensées jaillirent. C'était une nuit fraîche ; il releva le col de son pardessus, plongea ses mains profondément dans les poches et se mit à marcher précipitamment, insouciant, tout en examinant ses sentiments avec une curieuse délibération. En premier lieu, il était inexprimablement ennuyé. "Ennuyé", c'était le bon mot. Il ne pouvait pas dire qu'il l'aimait profondément, ni qu'il avait la possibilité de l'aimer profondément, mais elle était devenue un élément agréable dans sa vie et il s'était habitué à compter sur elle pour la société. N'aurait-il pas pu, avec le temps, lui demander de l'épouser ? N'aurait-elle pas pu consentir ? Dans certaines directions, elle l'avait déçu ; sans aucun doute, son étroitesse spirituelle avait freiné la croissance d'une passion qu'il avait soigneusement entretenue et entretenue en lui-même. Pourtant, malgré cela, sa grâce féminine, sa confiance féminine exerçaient toujours un charme fort et délicat. Elle était une femme et lui un homme, et chacun était le seul ami de l'autre ; et maintenant elle s'en allait. Le simple fait qu'elle ait trouvé un avenir avec ses oncles en Amérique plus attrayant que la vie qu'elle menait alors, blessait cruellement son amour-propre. Il n'était donc rien pour elle, après tout ; il n'avait fait aucune impression ; elle pouvait l'abandonner sans regret ! À ce moment-là, elle semblait au-dessus de lui. C'était le pauvre terrien ; elle, la créature ailée qui planait en liberté tantôt ici, tantôt là, lui accordant ses faveurs avec légèreté et les retirant tout aussi légèrement.

Une chose est ressortie clairement : c'était un homme malchanceux.

Il se remémorait les gens qui lui resteraient à Londres après son départ. Jenkins, Miss Roberts... Bah ! comme ils étaient d'une banalité écoeurante ! *Elle* était distinguée. Elle avait un air, un *je ne sais quoi* , qu'il n'avait jamais observé chez une femme auparavant. Il se rappelait ses robes, ses gestes, ses tournures de discours, tous les gestes instinctifs par lesquels elle prouvait sa supériorité.

Il lui vint à l'esprit qu'il y avait un lien entre sa décision apparemment soudaine de quitter l'Angleterre et leur visite au Crabtree et leur rencontre avec Miss Roberts. Il essaya de voir dans cet incident un pressentiment de malheur. Quelle fatuité morbide !

Avant de s'endormir ce soir -là, il résolut que lors de leur prochaine rencontre, il mènerait la conversation vers une discussion franche de leurs relations et « en discuterait avec elle ». Mais lorsqu'il s'est rendu rue Carteret deux jours plus tard, il s'est rendu compte qu'il lui était tout à fait impossible de faire une telle chose. Elle était enjouée et gaie, et visiblement elle attendait avec plaisir ce changement de vie. Elle a nommé le jour du départ et a mentionné qu'elle avait pris des dispositions pour emmener Lottie avec elle. Elle le consulta au sujet d'un compromis déjà fait avec son propriétaire sur le reste de la location, et lui dit qu'elle avait vendu les meubles en l'état, pour une somme très modique, à un marchand. Cela lui faisait mal de penser qu'elle ne lui avait donné aucune occasion de l'aider activement dans les cent petites affaires qu'impliquait un changement d'hémisphère. Qu'était devenue sa dépendance féminine envers lui ?

Il avait l'impression qu'un objet s'approchait rapidement pour le percuter et l'écraser, et il était impuissant à l'en empêcher.

Trois jours, deux jours, un jour de plus !

CHAPITRE XXV

Le train spécial pour Southampton, aligné contre le quai de la grande ligne à Waterloo, semblait s'être résigné avec une passivité presque animale aux assauts de la foule d'hommes et de femmes bien habillés qui montaient à bord. Du moteur, une fine colonne de vapeur s'élevait paresseusement jusqu'au toit anguleux, où quelques moineaux voletaient avec des brusques mouvements et des vols courts. Le mécanicien s'appuyait contre le flanc de la cabine, caressant sa barbe ; le chauffeur coupait le charbon sur le tendre. Ces deux-là connaissaient le spectacle par cœur : les piles éparses de malles de paquebots au milieu desquelles les passagers se précipitaient çà et là sans objet apparent ; l'ouverture et la fermeture continuelles et inutiles des portes cochères ; les gestes déférents du garde scintillant alors qu'il tendait l'oreille vers les dames dont les valets de pied se tenaient respectueusement derrière elles ; les mouvements rapides du commis de la librairie vendant des journaux et le regard méditatif du gérant de la librairie alors qu'il balayait de la main l'étagère des nouveaux romans et sélectionnait un volume qu'il pourrait pleinement recommander au client en manteau de fourrure ; les longs colloques entre maris et femmes, fils et mères, filles et pères, pères et fils, amants et amants, ponctués parfois par le battement d'un mouchoir ou la pose d'une main sur une épaule ; l'agitation non dissimulée de la plupart et le calme soigneusement étudié de quelques-uns ; les grimaces des porteurs lorsque les passagers s'étaient détournés ; la lente absorption par *leur* train de tous les bagages et de presque tout le monde ; le progrès de l'horloge vers l'heure ; les bisous; les larmes; l'abaissement du signal n'était pour eux qu'une simple scène de rue.

Richard, ayant obtenu un congé du bureau, arriva à midi moins le quart. Il regarda de haut en bas. Se pourrait-il qu'elle y aille vraiment ? Il ne s'était pas encore habitué à cette idée, et parfois il se disait encore : « Ce n'est pas vraiment vrai, il doit y avoir une erreur. Le moment de la séparation, maintenant qu'il était proche, il l'accusait de s'être approché sournoisement pour le prendre par surprise. Il n'était conscient d'aucune grande émotion, telle que son sens esthétique de la forme physique aurait pu le laisser attendre, rien qu'une sourde tristesse, les sensations ternes et négatives d'un condamné annonçant une peine de plusieurs années.

Elle se tenait là, près de l'étalage du livre, en train de converser vivement avec le vendeur, tandis que d'autres clients attendaient. Lottie était à côté d'elle, tenant un sac. La nuit précédente, ils avaient dormi à l'hôtel Morley.

"Tout va bien, j'espère ?" dit-il en la regardant attentivement et en se sentant extrêmement sentimental.

"Oui, merci... Lottie, tu dois aller surveiller nos sièges... Eh bien," continua-t-elle vivement, quand ils furent laissés seuls, "En fait, j'y vais. J'ai l'impression d'une manière ou d'une autre que ça ne peut pas être vrai."

"Eh bien, c'est exactement ce que je ressens depuis des jours !" » répondit-il en laissant sa voix languir, puis il tomba dans le silence. Il s'est assidûment plongé dans une humeur de mélancolie résignée. Avec des regards en coin, alors qu'ils marchaient tranquillement sur la plate-forme, il scruta son visage, décida qu'il était divin et s'attarda avec amour sur la pensée : « Je ne le reverrai plus jamais.

"Une journée ennuyeuse pour commencer!" » murmura-t-il avec une douce inquiétude.

"Oui, et savez-vous, un monsieur de l'hôtel m'a dit que nous devions être sûrs d'avoir du mauvais temps, et cela m'a fait si terriblement peur que j'ai failli décider de rester en Angleterre." Elle a ri.

"Ah, si tu le voulais !" » il eut presque envie de s'exclamer, mais à ce moment il prit conscience de son affectation et la piétina. La conversation aborda naturellement le sujet du mal de mer et des petites joies et périls du voyage. Des sujets étranges pour un homme et une femme sur le point de se séparer, probablement pour toujours ! Et pourtant, Richard, de son côté, ne trouvait rien de plus urgent.

« Je ferais mieux d'entrer maintenant, n'est-ce pas ? dit-elle. L'horloge indiquait midi moins cinq. Son visage était doucement sérieux alors qu'elle le soulevait vers le sien, lui tendant la main.

"Prends soin de toi", fut son admonition stupide.

Sa main reposait dans la sienne et il la sentit se resserrer. Sous le voile, la couleur s'accentuait un peu dans ses joues roses.

« Je ne vous ai pas dit, dit -elle brusquement, que mes oncles m'avaient suppliée d'aller chez eux il y a des semaines et des semaines. Je ne vous l'ai pas dit – et je les ai retardés – parce que je pensais que j'allais attendre et voir. si toi et moi prenions soin l'un de l'autre."

C'était venu, l'explication ! Il rougit et lui serra la main. L'atmosphère était soudain électrique. La gare et la foule furent effacées.

"Vous comprenez?" » demanda-t-elle en souriant courageusement.

"Oui."

Il avait vaguement conscience d'avoir serré la main de Lottie, du claquement de nombreuses portes, du visage d'Adeline encadré dans une fenêtre qui s'éloignait. Puis les rails furent visibles à côté du quai, et il aperçut des gens qui descendaient précipitamment du train sur le quai d'en face. Au loin, le signal retentit à l'horizontale. Il se retourna et ne vit que des porteurs et quelques amis désespérés des voyageurs ; une femme pleurait.

Au lieu de rentrer du bureau, il arpentait les rues qui convergent vers Piccadilly Circus, se prélassant dans l'éclat nocturne de la Cité des Plaisirs. Il avait quatre livres en poche. Les rues étaient remplies de véhicules qui roulaient rapidement. Les restaurants, les théâtres et les music-halls, disposés le soir, lui offraient leurs magnifiques attraits, et enfin il entra au Café Royal et, commandant un dîner élaboré, le mangea lentement, avec un plaisir réfléchi. Lorsqu'il eut fini, il demanda au serveur de lui apporter un « Figaro ». Mais il ne semblait y avoir rien d'intéressant dans le « Figaro » de ce jour-là, et il le déposa... À ce moment-là, le navire avait appareillé. Adeline lui avait-elle vraiment fait cet aveu juste avant le départ du train, ou était-ce une fantaisie de lui ? Il y avait quelque chose de beau dans sa franchise déconcertante... bien, bien... Et sa simplicité ! Il avait laissé échapper un trésor. Parce qu'elle manquait de sympathies artistiques, il l'avait méprisée ou, au mieux, sous-estimée. Et une fois — à bien y penser ! — il avait failli l'aimer... Avec quelle étonnante rapidité leur intimité s'était accrue, s'était effondrée et avait abouti à une mort subite !... L'amour, qu'était-ce que l' *amour* ? Peut-être qu'il l'aimait maintenant, après tout...

"Serveur!" Il fit signe avec un mouvement étrange de son index qui fit sourire l'homme – un sourire auquel Richard répondit jovialement.

"Monsieur?"

"Un cigare en shilling, s'il vous plaît, et un café et du cognac."

Vers neuf heures, il sortit de nouveau dans l'air frais, et le cigare brûlait vivement entre ses lèvres. Il avait écarté sans ménagement l'image trop importune d'Adeline, et il éprouvait une certaine exaltation insouciante.

Les femmes étaient partout sur les trottoirs. Elles retirèrent leurs jupes en soie de la boue, révélant leurs chevilles et leurs jupons en dentelle. Ils lui sourirent. Ils l'ont attiré dans des langues étrangères et dans un anglais approximatif. Il fit un large clin d'œil à certains des plus jeunes, et ils le suivirent d'un air importun, pour ensuite être secoués par un rire. En marchant, il sifflait ou chantait tout le temps. Il a été laissé à la dérive, s'est-il expliqué, et sans que ce soit de sa faute. Sa seule amie l'avait quitté (elle s'en souciait beaucoup !), et il n'y avait personne à qui il devait la moindre considération. Il était libre de faire ce qu'il voulait, sans avoir à se demander d'abord : « Que penserait- *elle* de cela ? De plus, il doit trouver du réconfort, pauvre créature flétrie ! En regardant dans une rue latérale, il a vu un homme parler à une femme. Il les dépassa et entendit ce qu'ils disaient. Puis il était sur Shaftesbury Avenue. Des sensations curieuses flottaient dans son corps. Avec un serment insignifiant, il se força à prendre une décision.

Plusieurs fois, il fut sur le point de l'exécuter, lorsque son courage lui manqua. Il traversa le cirque, arriva jusqu'à St. James's Hall et revint sur ses pas. En une minute, il se trouvait du côté nord de Coventry Street. Il regarda les visages de toutes les femmes, mais dans chacune il trouva quelque chose à repousser, à craindre.

Est-ce que cela finirait par le ramener tranquillement chez lui ? Il se rendit dans l'isolement de Whitcomb Street pour discuter de la question. Alors qu'il passait devant l'entrée d'un tribunal, une femme en sortit et tous deux durent reculer pour éviter une collision.

" *Chéri* !" murmura-t-elle. Elle n'était plus jeune, mais son large visage flamand exprimait la gentillesse et la bonne humeur dans tous ses traits, et sa voix était douce. Il ne répondit pas et elle lui reparla. Sa colonne vertébrale avait la consistance du beurre ; un frisson le parcourut. Elle posa doucement son bras dans le sien et le pressa. Il n'a eu aucune résistance....

CHAPITRE XXVI

C'était le matin du Boxing Day, glacial, avec un ciel gris acier ; les rues résonnaient sous le trafic.

Richard attendait depuis longtemps l'arrivée de la nouvelle année, lorsque de nouvelles résolutions allaient entrer en vigueur. Une phrase d'un sermon entendu à Bursley est restée gravée dans sa mémoire : *Chaque jour commence une nouvelle année* . Mais il n'a pas pu prendre la décision rapide et courageuse nécessaire pour donner suite à cet adage. Depuis une année entière, il s'était lentement enfoncé dans une tourbière de léthargie, et pour s'en sortir, il sentait qu'il lui faudrait un effort qu'il ne pourrait fournir que s'il était fortifié par toutes les associations de la saison pour de tels exploits, et par la connaissance que nos semblables se préparaient à une épreuve difficile similaire.

Maintenant qu'il y repensait, les quatorze mois qui s'étaient écoulés depuis le départ d'Adeline semblaient s'être succédés avec une merveilleuse rapidité. Au début , il s'était irrité de sa perte, puis peu à peu et naturellement il s'était habitué à son absence. Elle lui écrivit une assez longue lettre, pleine de détails sur le voyage et le voyage en train et sur la maison de ses oncles ; il avait ouvert l'enveloppe à moitié s'attendant à ce que la lettre puisse l'affecter profondément ; mais ce n'est pas le cas ; cela lui paraissait une communication nettement médiocre. Il a envoyé une réponse et la correspondance a pris fin. Il ne l'aimait pas, et ne l'avait probablement jamais aimé. Un petit sentiment : c'est tout. L'affaire était bien terminée. Si cela n'avait peut-être pas été satisfaisant, ce n'était pas sa faute. Un homme, pensa-t-il, ne peut pas tomber amoureux par la réflexion (et pourtant c'était exactement ce qu'il avait tenté de faire !), et de toute façon Adeline ne lui aurait pas convenu. Pourtant, aux moments où il se rappelait son visage et ses gestes, sa féminité exquise , et surtout sa belle candeur au moment de leur séparation, il devenait mélancolique et se plaignait luxueusement.

Au commencement de l'année qui touchait à sa fin, il s'était attaqué de nouveau à l'art littéraire et avait rédigé plusieurs articles ; mais à mesure qu'ils étaient rejetés l'un après l'autre, son énergie avait diminué et, en peu de temps, il avait de nouveau complètement cessé d'écrire. Il n'a pas non plus suivi de programme d'études ordonné. Il commença par un certain nombre de classiques anglais, en finit quelques-uns, et continua de consommer avec avidité les romans français. Parfois, l'œuvre française, par son efficacité soignée et sévère, suscitait en lui un vague désir de faire de même, mais aucun effort sérieux et soutenu n'était fait.

Au printemps, lorsque la solitude est particulièrement pénible, il avait rejoint une institution littéraire et scientifique, réservée aux jeunes gens, dans les locaux de laquelle il était interdit soit de boire des boissons alcoolisées, soit de fumer du tabac. Il paya une cotisation d'un an et, en moins de quinze jours, détesta non seulement l'institution mais chacun de ses membres et fonctionnaires. Il songea alors à s'installer en banlieue, mais la difficulté de déplacer la bibliothèque de livres qu'il avait accumulée à cette époque l'en dissuada, ainsi qu'une aversion paresseuse pour les inconforts qu'entraînerait certainement un changement.

Et c'est ainsi qu'il avait sombré dans une sorte de coma. Sa tâche principale était de tuer le temps. Huit heures étaient consacrées au bureau et huit au sommeil, et huit autres restaient quotidiennement à éliminer. Le matin, il se levait tard, retardant l'heure de son petit-déjeuner, lisait assidûment le journal et prenait le chemin du parc pour se rendre à ses affaires. Le soir, à l'approche de six heures, il ne pressait plus son travail pour être prêt à quitter le bureau dès que l'horloge sonnait. Au contraire, il restait souvent après les heures où il n'était pas nécessaire de rester, soit pour examiner tranquillement ses comptes, soit pour bavarder avec Jenkins ou l'un des employés les plus âgés. Il surveillait le bien-être de l'entreprise d'un œil jaloux, proposait à M. Curpet des suggestions qui étaient souvent acceptées et devenait considéré comme exceptionnellement compétent et digne de confiance. Il devinait de temps à autre, dans le ton ou dans le regard des dirigeants (qui étaient avares d'éloges) une confiance implicite, mêlée — du moins dans le cas de l'associé principal — à un certain respect. Ses manières devenaient plus calmes, et il interdisait même aux garçons de bureau dont il avait la charge ; ils ne l'aimaient pas, trouvant en lui un martinet plus strict et moins suave que M. Curpet lui-même. Il les gardait parfois tard dans la nuit sans motif tout à fait suffisant, et s'ils manifestaient leur mécontentement, il leur disait sentencieusement que des garçons si désespérément désireux de faire le moins qu'ils pouvaient ne réussiraient jamais dans le monde.

En quittant le bureau, il se promenait lentement dans Booksellers' Row et remontait le Strand, avec l'allure d'un homme dont le temps lui appartient entièrement. Une ou deux fois par semaine, il dînait dans l'un des restaurants étrangers de Soho, prolongeant le repas à un rythme inadmissible, et se rendant ensuite dans un salon pour prendre un cigare et une liqueur. Il accorde une attention particulière à son habillement, apprécie la sensation de bien s'habiller et prend l'habitude de comparer son apparence personnelle avec celle des hommes qu'il côtoie dans les cafés et bars à la mode. Son salaire suffisait à ces petites extravagances, puisqu'il vivait encore à peu de frais dans une chambre de la rue Raphael ; mais outre ce qu'il gagnait, ses ressources comprenaient la somme reçue de la succession de William Vernon. Soixante-dix livres de cette somme avaient fondu lors des festivités avec Adeline, deux cents livres avaient été prêtées en hypothèque sous la direction de M. Curpet , et les cinquante autres étaient gardées en main, étant cambriolées selon les rares occasions qui l'exigeaient. L'investissement hypothécaire a beaucoup contribué à rehausser son statut non seulement auprès du personnel mais aussi auprès de ses dirigeants.

Assis dans une cave à vin ou une brasserie blonde, sirotant méditativement un verre ou une chope et savourant un cigare parfumé, il parvenait à tirer un certain plaisir de la contemplation de son égalité avec les hommes qui l'entouraient. Beaucoup d'entre eux, devinait-il avec satisfaction, se trouvaient dans une situation pire ou moins sûre que la sienne. Il étudiait les visages et prenait l'habitude d'engager une conversation avec des inconnus, et ces rencontres fortuites lui laissaient presque invariablement l'impression qu'il avait rencontré un inférieur mental. S'imprégnant pour ainsi dire de toutes les activités frivoles et illusoires du West End, il commença à acquérir cet air de *savoir-faire indéfinissable et incomparable* , caractéristique de l'employé prospère qui passe ses loisirs dans les lieux publics. Les gens de la campagne le prenaient souvent pour le jeune homme des journaux mondains, familier de toutes les chicanes métropolitaines, du luxe et du vice.

Après le petit-déjeuner, il sortit au parc avec ses patins. La Serpentine était gelée depuis plus d'une semaine, et hier, une unité solitaire parmi des dizaines de milliers, il avait célébré Noël sur la glace, patinant de midi jusqu'à presque minuit, avec de brefs intervalles pour les repas. L'exercice et l'air frais l'avaient revigoré et égayé, et ce matin, alors qu'il se replongeait dans la foule des patineurs, son moral était bon. Il avait eu l'intention de passer encore une journée sur la Serpentine ; mais une idée soudaine et surprenante lui vint à l'esprit, s'envola et revint encore et encore avec un attrait si croissant qu'il en tomba amoureux : Pourquoi ne pas commencer à écrire maintenant ? Pourquoi, après tout, attendre le nouveau départ jusqu'à la nouvelle année ? Était-il vrai – ce qu'il tenait tristement pour acquis depuis un mois, et il y a à peine une heure – qu'il manquait de force morale pour mettre à exécution une bonne résolution au moment qu'il voulait ?... Dans un instant, il avait juré de travailler quatre heures avant de dormir cette nuit-là.

La décision prise, son humour devint sans équivoque gay. Il avança avec des mouvements plus longs et plus audacieux, appréciant avec un enthousiasme plus vif le mouvement rapide et l'étrange scène sylvestre-urbaine en noir et blanc qui l'entourait. Il oublia l'année d'oisiveté qui l'attendait immédiatement derrière lui, oublia tous les échecs précédents, dans l'exultation passionnée de sa nouvelle résolution. Il a sifflé. Il a chanté. Il tentait des figures impossibles et ne riait que lorsqu'elles se terminaient par une chute. Une femme, patinant seule, tomba à genoux ; il se glissa vers elle, la souleva légèrement, souleva son chapeau et partit avant qu'elle ait pu le remercier : c'était proprement fait ; il se sentait fier de lui. Lorsque l'horloge sonna midi , il ôta ses patins et se promena dans un coin tranquille du parc, délibérant attentivement sur l'intrigue d'une histoire qui, heureusement, lui trottait dans la tête depuis plusieurs mois.

Quand il est venu dîner, il a donné à Lily cinq shillings pour une boîte de Noël, presque sans réfléchir, et bien qu'il n'ait pas eu l'intention de le faire auparavant ; et lui demanda quand elle allait se marier. Il commanda du thé pour quatre heures, afin que la soirée soit longue. L'après-midi, il lisait et somnolait. À cinq heures moins le quart, les affaires de thé étaient débarrassées, la lampe brûlait vivement, les stores tirés et ses affaires d'écriture disposées sur la table. Il alluma une pipe et s'assit près du feu. Enfin, enfin, les vieilles entreprises abandonnées depuis longtemps étaient sur le point de reprendre !

L'histoire qu'il allait écrire s'appelait « Tiddy - fol -lol ». Le personnage principal était un vieux forgeron, nommé Downs, employé dans la forge d'une grande fonderie de fer à Bursley . Downs était un méthodiste primitif du type le plus étroit, et lorsque sa fille tomba amoureuse et épousa un machiniste du théâtre local, elle reçut en dot la malédiction de son père. Un jour, à la fonderie, Downs, en parlant de ce sujet, avait qualifié sa fille de rien de mieux qu'une « Tiddy - fol -lol », et pendant des années après, l'un des sports favoris des apprentis était de courir après lui, à une distance sûre. distance, appelant " Tiddy - fol -lol, Tiddy - fol -lol. " La fille, complètement séparée de ses parents, est morte en donnant naissance à un fils qui a grandi physiquement fort et en bonne santé, mais à moitié idiot. A l'âge de douze ans, ignorant totalement l'identité de son grand-père, il fut envoyé par son père travailler à la fonderie. Les autres gars ont vu une occasion de s'amuser. Lui montrant Downs dans la forge, ils lui dirent de s'approcher de l'homme et de lui dire « Tiddy - fol -lol ». "Que veux-tu?" » questionna Downs d'un ton bourru, lorsque le garçon se tenait devant lui avec un sourire vide sur le visage. « Tiddy - fol -lol », fut la réponse, sur le ton agaçant et sans inflexion particulier à un imbécile. Downs leva son énorme bras dans un éclair de colère et frappa le jeune d'un coup sur le côté de la tête. Puis il lui dit de se lever. Mais l'enfant, attrapé juste sous l'oreille, avait été frappé à mort. Downs a été jugé pour homicide involontaire, déclaré fou, puis relâché comme fou inoffensif. L'Armée du Salut le prit en charge et il vécut de la vente de « Cris de guerre » dans les rues, toujours poursuivi par des garçons qui criaient « Tiddy - fol -lol ».

Correctement élaboré, selon Richard, une telle intrigue constituerait une histoire puissante. Dans son cerveau, la chose était déjà terminée. La seule difficulté résidait dans le choix d'une scène d'ouverture forte ; cela fait, il était sûr que les incidents du récit se mettraient naturellement en place. Il se mit à réfléchir, mais ses pensées s'amoncelèrent avec acharnement, même s'il les forçait à maintes reprises à revenir au sujet en cours à force de froncer les sourcils. Il finit sa pipe et la rechargea. Le feu baissa et il ralluma du charbon. Aucune scène d'ouverture appropriée ne s'est toujours présentée. Son moral tomba lentement. Qu'est-ce qui lui faisait mal ?

Enfin une idée ! Après tout, il n'échouerait pas. L'histoire doit bien sûr commencer par une querelle entre le vieux Downs et sa fille. Il s'approcha de la table, prit une plume et écrivit le titre ; puis quelques phrases, à la hâte, puis une page. Puis il a lu ce qui était écrit, l'a déclaré comme étant des conneries peu convaincantes et l'a déchiré. Les mots étaient intraitables et, de plus, il ne pouvait pas *voir* la scène. Il quitta la table, et après avoir étudié un conte de Maupassant, il commença une nouvelle feuille, imitant soigneusement la manière de cet écrivain. Mais il ne pouvait en aucun cas se satisfaire. Mme Rowbotham apparut avec le plateau du souper, et il déposa son matériel d'écriture sur le lit. Pendant le souper, il reprit de Maupassant et, à dix heures, fit encore une troisième tentative, sachant d'avance qu'elle ne réussirait pas. L'intrigue s'écroula entièrement ; la conclusion surtout n'était pas dramatique ; mais comment le modifier ?...

Il était dégoûté de lui-même. Il se demandait ce qui lui arriverait s'il perdait sa situation. Supposons que la maison Curpet et Smythe fasse faillite ! Smythe était un homme insouciant, capable de ruiner ses affaires en un mois si, pour une raison quelconque, l'influence restrictive de Curpet était retirée. Ces fantaisies morbides et d'autres semblables l'assaillirent, et il se coucha malade de misère, regrettant de tout cœur d'avoir été moins précipité dans sa tentative d'être industrieux. Il avait la superstition selon laquelle s'il avait attendu le Nouvel An, l'aventure aurait pu se terminer de manière plus heureuse.

La nuit, il se réveilla pour se lamenter sur sa solitude. Pourquoi n'avait-il pas d'amis sympathiques ? Comment pourrait-il s'y prendre pour obtenir une compagnie sympathique ? Il lui fallait notamment une société féminine cultivée. Compte tenu de cela, il pourrait travailler ; sans cela, il ne devrait rien accomplir. Il pensait qu'à Londres il y avait probablement des milliers de « gentilles filles », qui se languissaient d'hommes comme lui. Quelle civilisation ridicule qui l'empêchait de les rencontrer ! Lorsqu'il apercevait une jeune fille prometteuse dans un bus, pourquoi, au nom du ciel, n'aurait-il pas la liberté de lui dire : « Écoute, je peux te convaincre que je veux bien faire ; faisons connaissance » ? Mais convention, convention ! Il se sentait emprisonné par un mur implacable et infranchissable ... Puis il rêva qu'il se trouvait dans un salon rempli de jeunes hommes et de jeunes femmes, et que tous bavardaient avec vivacité et intelligence. Lui-même se tenait dos au feu et parlait à un groupe de filles. Ils le regardèrent en face, comme le regardait Adeline. Ils ont saisi ses idéaux et ses objectifs sans explications laborieuses ; un demi-mot suffisait pour les éclairer ; il a vu une lueur de compréhension reconnaissante dans leurs yeux bien avant que ses phrases ne soient terminées...

CHAPITRE XXVII

Le lendemain matin, le soleil brillait ; le gel était tombé et les rues commençaient à être boueuses. Richard sortit, l'esprit vide et profondément abattu. À Sloane Street, il monta dans un bus, occupant le seul siège avant vacant au sommet. Pendant un moment, il regarda distraitement le manche de son bâton. Bientôt, un mouvement fortuit de la tête lui fit prendre conscience que quelqu'un avait les yeux fixés sur lui. Il regarda autour de lui. Dans le coin le plus éloigné du siège d'en face se trouvait Miss Roberts. Elle hésita, rougissant, puis s'inclina et il répondit. Aucune autre communication n'était possible à ce moment-là (et il en était pour le moment reconnaissant), car ils étaient séparés par deux jeunes messieurs portant des casquettes en tweed et des cols qui auraient pu être propres autrefois, qui se disputaient vivement au sujet d'un exemplaire de le « sportif ».

Pour une étrange raison de méfiance, Richard n'était pas allé au Crabtree depuis sa visite là-bas avec Adeline. Il cherchait sardoniquement la raison pour laquelle il restait à l'écart lorsque les jeunes messieurs accompagnés du "Sportsman" quittèrent le bus. Miss Roberts devint rose lorsqu'il se leva et lui tendit la main, tout en s'asseyant à ses côtés. Elle portait une veste et une jupe noires, très usées mais en bon état, un chapeau à fleurs rouges et des gants de laine grise ; et toute personne de discernement ordinaire aurait deviné sa profession sans trop de difficultés. Au cours de la dernière année, elle était devenue plus grosse et sa silhouette était maintenant plus pleine que mince ; ses traits, surtout les narines, la bouche et le menton, étaient un peu lourds, mais elle avait des oreilles joliment formées, et ses yeux, d'une teinte indéfinissable, étaient doux et tendres ; ses cheveux brun rougeâtre étaient toujours aussi visibles et splendides, enroulés avec une précision serrée à l'arrière de sa tête et s'échappant ici et là au-dessus de ses oreilles en petites mèches volantes. L'expression de son visage était surtout aimable, mais passive, animale, inerte ; elle semblait pleine de bonhomie.

"Nous ne vous avons pas vu au Crabtree ces derniers temps", dit-elle.

« Vous êtes toujours à l'ancien endroit, alors ? »

"Oh, oui ; et ce sera le cas, j'imagine. Ils ont pris un autre étage maintenant, et nous sommes le plus grand restaurant végétarien de Londres."

Il y avait dans sa voix une note d'agitation timide, et il remarqua en outre que ses joues étaient rouges et ses yeux brillaient. Se pourrait-il que cette rencontre lui ait procuré du plaisir ? L'idée d'une telle possibilité lui procurait un plaisir secret... Elle, une femme qui respire, heureuse de le voir ! Il se demandait ce que les autres personnes à bord du bus pensaient d'eux, et surtout ce qu'en pensait le chauffeur ; le cocher les avait aperçus par hasard au moment où ils se serraient la main, et tandis que Richard examinait le contour du visage rubiconde de l'homme, il crut y voir une lueur de sourire. C'était pendant une petite pause dans la conversation.

"Et comment as-tu passé Noël ?" C'était la question de Richard.

"À la maison", répondit-elle simplement, "avec père et mère. Ma sœur mariée et son mari sont venus passer la journée."

"Et j'ai passé le mien tout seul", dit-il tristement. "Pas d'amis, pas de pudding, rien."

Elle le regarda avec compassion.

"Je suppose que vous vivez dans des chambres ? Cela doit être très solitaire."

"Oh!" » répondit-il avec légèreté, mais saisissant avec une vive satisfaction la sympathie qu'elle offrait, « ce n'est rien quand on y est habitué. C'est mon troisième Noël à Londres, et aucun d'entre eux n'a été particulièrement bruyant. Heureusement, il y a eu le patinage cette année . J'étais sur la Serpentine presque toute la journée. »

Elle lui a ensuite demandé si le patinage était facile à apprendre, car elle voulait essayer depuis des années, mais n'en avait jamais eu l'occasion. Il répondit que c'était assez facile, si l'on n'avait pas peur.

"Je vais vers vous", dit-il alors qu'ils descendaient tous les deux à Piccadilly Circus et marchaient ensemble le long de Coventry Street. La conversation s'arrêta ; pour l'éveiller, Richard l'interrogea sur la routine du restaurant, sujet dont elle parlait volontiers et avec un certain sens de l'humour . Lorsqu'ils atteignirent le Crabtree,—

"Eh bien, il a été peint !" s'exclama Richard. "Cela a l'air très fanfaron, en effet, maintenant."

"Oui, mon Dieu ! n'est-ce pas ? Et c'est beau à l'intérieur aussi. Tu dois venir un jour."

"Je le ferai", dit-il avec emphase.

Elle lui serra la main assez vigoureusement, et leurs regards se croisèrent avec un regard curieux et interrogateur. Il sourit intérieurement en descendant la rue Chandos ; son abattement avait mystérieusement disparu, et il éprouvait même une certaine élévation d'esprit. Il lui vint à l'esprit qu'il n'avait jamais compris Miss Roberts auparavant. Comme elle était différente en dehors du restaurant ! Devrait-il aller déjeuner au Crabtree ce jour-là, ou devrait-il laisser s'écouler un jour ou deux ? Il a décidé d'attendre prudemment.

Il se demanda s'il devait mentionner la réunion à Jenkins et déclara dans l'ensemble qu'il ne le ferait pas. Mais il trouva Jenkins étonnamment courtois, et sans en avoir conscience, il dit bientôt :

"Devinez avec qui je suis descendu dans le bus ce matin."

Jenkins y a renoncé.

« Laura Roberts ; » puis, ne voyant aucune expression de compréhension sur le visage de Jenkins, "Vous savez, le caissier du Crabtree."

"Oh... *elle* !"

Le stress était un peu irritant.

" *Je* l'ai vue il y a environ quinze jours", a déclaré Jenkins.

"Au Crabtree ?"

"Oui. Est-ce qu'elle t'a dit quelque chose à mon sujet ?" Le jeune sourit.

"Non pourquoi?"

— Rien. Nous avons discuté et je l'ai un peu écrasée, c'est tout.

"Ah, mon garçon, tu n'iras pas loin avec elle."

"Oh, n'est-ce pas ? Je pourrais vous dire une ou deux choses *sur* Laura Roberts, si je le voulais."

Bien que la remarque de Jenkins soit caractéristique et que Richard sache très bien qu'il n'y avait rien derrière ses paroles, son esprit revint instantanément aux histoires reliant Miss Roberts à M. Aked .

"Ne faites pas d'essence", dit-il sèchement. "Elle te considère comme un garçon."

"Assez masculin pour n'importe quelle femme", a déclaré Jenkins en faisant tournoyer les rudiments d'une moustache.

La discussion aurait pu aller plus loin si elle n'avait pas été interrompue par M. Smythe, qui fit irruption dans la pièce, comme c'était son habitude.

"Mélèze, viens avec moi dans la chambre de M. Curpet ." Son ton était brusque. Il n'avait rien de la politesse naturelle de M. Curpet , bien qu'en de rares occasions, dont celle-ci n'était pas une, il cherchait maladroitement à l'imiter. Richard ressentit une vague inquiétude.

Un cache-nez autour de la gorge, M. Curpet était assis devant le feu, se mouchant et respirant bruyamment. M. Smythe se dirigea vers la fenêtre et joua avec le gland du cordon du store.

"Nous envisageons d'apporter quelques changements, Mélèze", commença M. Curpet .

"Oui Monsieur." Son cœur se serra. Allait-il être licencié ? La phrase suivante était rassurante.

"À l'avenir, tous les frais seront prélevés et réglés au bureau, au lieu d'être envoyés. Vous sentez-vous en mesure de prendre en charge ce département ?"

Richard avait contribué à plusieurs reprises à la préparation d'états de frais et possédait une assez bonne connaissance de ce sujet complexe et engageant. Il répondit très nettement par l'affirmative.

"Ce que nous proposons", interrompit M. Smythe, "c'est que vous ayez un assistant et que vous vous occupiez tous les deux des livres et des dépenses."

" Bien sûr , votre salaire sera augmenté", a ajouté M. Curpet .

"Laisse-moi voir, qu'est-ce que tu as maintenant?" Ceci de M. Smythe, dont la mémoire était imparfaite.

"Trois livres dix, monsieur."

" Supposons que nous disons quatre livres dix ", dit M. Smythe à M. Curpet , puis se tournant vers Larch : " C'est vraiment très bien, vous savez, jeune homme ; vous n'auriez pas cela partout. Par Jupiter, non, vous je ne le ferais pas!" Richard en était parfaitement conscient. Il pouvait à peine s'attribuer le mérite de sa propre chance. "Et nous attendons de vous que vous mainteniez les choses à la hauteur."

M. Curpet sourit gentiment au-dessus de son mouchoir, comme pour laisser entendre que M. Smythe n'avait pas besoin d'insister sur ce point.

"Et vous devrez peut-être rester tard parfois", a poursuivi M. Smythe.

"Oui Monsieur."

Une fois l'entretien terminé, il retraça sa carrière au bureau, s'étonnant qu'il ait fait quelque chose d'assez inhabituel pour inspirer une telle appréciation à ses directeurs, et il se rendit vite compte que, comparé à d'autres membres du personnel, il avait effectivement été un commis modèle. Une délicieuse complaisance l'enveloppait. M. Smythe avait eu l'air de conférer une faveur ; mais M. Curpet était à la tête des affaires du tribunal du sergent n°2, et l'attitude de M. Curpet avait été décidément flatteuse. Au début , il eut du mal à saisir sa bonne fortune, la trouvant trop belle pour être vraie ; mais il finit par croire en lui de tout son cœur. En matière de salaire, il se classait désormais au deuxième rang derrière M. Alder, un jeune de moins de trois ans hors de la province. Il y a trois ans, un revenu de 234 £ par an aurait semblé presque fabuleux. Ses idées sur ce qui constituait l'opulence avaient changé depuis lors, mais néanmoins 234 £ constituaient un excellent revenu, plein de possibilités. Un homme pourrait se marier avec cela et vivre confortablement ; beaucoup d'hommes osaient se marier avec la moitié de ce montant. Dans ses fonctions de commis, il s'était sans aucun doute élevé avec facilité aux échelons supérieurs. Il y avait du bon truc du Nord chez Richard Larch, après tout ! Alors qu'il rentrait chez lui, son cerveau était occupé avec des projets, de beaux projets pour la nouvelle année, comment il économiserait de l'argent et comment il passerait ses nuits à travailler dur.

CHAPITRE XXVIII

Il y avait une chambre à louer au même étage que celle de Richard. Le loyer n'était que de cinq shillings par semaine, et il s'arrangea pour l'utiliser comme chambre à coucher, transformant l'autre pièce, plus grande, en bureau. On a demandé à Mme Rowbotham de retirer toutes ses tables, chaises, tapis, tableaux, ornements et accessoires des deux pièces, car il se proposait de les meubler entièrement à ses propres frais. Cela ne signifiait pas qu'une augmentation soudaine des revenus avait, comme une fois déjà, engendré chez lui une propension au gaspillage. Au contraire, sa détermination à vivre économiquement était bien établie et il espérait économiser facilement une centaine de livres par an. Mais l'influence d'un environnement esthétique sur son œuvre littéraire serait probablement, selon lui, suffisamment précieuse pour justifier les dépenses modérées impliquées, et ainsi tous les loisirs des derniers jours de l'année furent consacrés à la réalisation de certaines théories concernant l'aménagement d'un bureau et d'une chambre. Malheureusement, le temps dont il disposait était très limité — n'était-il pas indispensable que les lieux soient mis en ordre avant le 31 décembre, que les travaux puissent commencer le 1er janvier ? — mais il ne se ménagea pas, et le résultat , lorsqu'il le contemplait le soir du Nouvel An, le remplissait de plaisir et de fierté. Il sentit qu'il pourrait écrire dignement dans ce bureau, avec ses quatre reproductions autotypiques de tableaux célèbres sur les murs unis , son carré de tapis indien sur des nattes indiennes, ses longues étagères basses, sa table pittoresque au plateau en orme, son des chaises simples à fond en jonc et son large divan luxueux. Il s'étonnait d'avoir réussi si longtemps à exister dans la pièce telle qu'elle était auparavant et attribuait avec complaisance son mauvais succès en tant qu'écrivain au manque d'environnement harmonieux. Au dernier courrier est arrivée une carte de Nouvel An de Mme Clayton Vernon. Il y a douze mois, elle avait envoyé un signe de souvenir similaire, et il l'avait ignoré ; Au cours de l'été, elle lui avait écrit pour l'inviter à passer quelques jours à Bursley , et il avait demandé un peu trop brièvement à s'excuser. Ce soir-là, cependant, il sortit, acheta une carte de nouvel an et la lui envoya immédiatement. Il débordait de bienveillance, regardant le monde à travers les lunettes roses de sa haute résolution. Mme Clayton Vernon était une excellente femme, et il prouverait à elle et à Bursley qu'ils n'avaient pas trop estimé les possibilités de Richard Larch. Il était, en vérité, prodigieusement élevé. L'ancien sentiment de pouvoir absolu sur lui-même, pour le bien ou le mal, est revenu. Une conscience de capacité exceptionnelle le possédait. L'avenir, splendide en rêve, lui appartenait entièrement ; et une fois de plus, peut-être plus complètement que jamais, le passé inefficace fut effacé. Demain c'était la nouvelle année, et demain les nouveaux cieux et la nouvelle terre devaient commencer.

Il avait décidé d'écrire un roman. Ayant échoué dans les nouvelles et les essais, il lui semblait probable que le roman, une forme qu'il n'avait pas encore sérieusement essayée, pourrait mieux convenir à son idiosyncrasie. Il avait un jour esquissé l'intrigue d'un court roman, un récit d'aventures dans le Londres moderne, et à l'examen, cela lui parut ingénieux et prometteur. De plus, il séduirait – comme les « Nouvelles mille et une nuits » de Stevenson, auxquelles il ressemblait de loin dans l'esprit de Richard – à la fois au grand public et au public littéraire. Il résolut d'en écrire cinq cents mots par jour, cinq jours par semaine ; à ce rythme, il calculait que le livre serait terminé en quatre mois ; en prévoyant deux mois supplémentaires pour la révision, il devrait être prêt pour un éditeur fin juin.

Il approcha sa chaise du feu flamboyant et contempla la vue de ces longues soirées éclairées par des lampes pendant lesquelles le roman allait pousser sous ses mains. Comme il est différent du commis moyen, qui, avec des opportunités similaires, se contente de gaspiller ces heures qui le mèneront peut-être à la gloire ! Il pensa à Adeline et sourit. Que voulait-il, après tout, des femmes ? Il était en mesure de se marier, et s'il rencontrait une fille intelligente au tempérament sympathique, il se marierait catégoriquement (il ne lui vint pas à l'esprit d'ajouter la clause « Pourvu qu'elle m'ait ») ; mais sinon il attendrait. Il pouvait se permettre d' attendre, d'attendre qu'il se soit fait une réputation, et une demi-douzaine de femmes, élégantes et raffinées, ne voulaient que trop l'envelopper dans une atmosphère d'adoration.

Cela faisait partie de son plan d'économie de dîner toujours au Crabtree, où un shilling était le prix d'un repas élaboré, et il s'y rendait le jour de l'An. Alors qu'il remontait Charing Cross Road, ses pensées se tournèrent naturellement vers Miss Roberts. Serait-elle aussi cordiale que lorsqu'il l'avait rencontrée dans l'omnibus, ou porterait-elle le masque poli du caissier, le traitant simplement comme un habitué de l'établissement ? Elle était fiancée lorsqu'il entra dans la salle à manger, mais elle le remarqua et hocha la tête. Il la regarda plusieurs fois pendant son repas, et une fois que ses yeux croisèrent les siens, elle sourit, ne les retirant pas pendant quelques instants ; puis elle se pencha sur son livre de comptes.

Ses convives semblaient curieusement avoir dégénéré, être devenus encore plus étroits dans leurs sympathies, encore plus insouciants dans leur alimentation, encore plus bizarres ou plus délabrés dans leur tenue vestimentaire. Les jeunes femmes d'aspect masculin posaient les coudes sur la table avec plus d'intransigeance que jamais, et les jeunes hommes aux bracelets souillés ou sans bracelet du tout étaient plus que jamais ennuyeux dans leurs conversations murmurées. C'était en effet une étrange compagnie qui l'entourait ! Puis il réfléchit que ces gens n'avaient pas changé. Le changement était en lui-même. Il les avait dépassés ; il les observait maintenant comme depuis une tour. C'était un homme d'avenir, il utilisait ce restaurant parce que cela lui convenait temporairement, alors qu'ils l'utiliseraient jusqu'au bout, sans jamais s'écarter, sans jamais sortir de l'ornière.

— Alors tu es enfin arrivé ! Lui dit Miss Roberts lorsqu'il lui présenta son chèque. "Je commençais à penser que tu nous avais abandonnés."

"Mais ça fait à peine une semaine que je ne t'ai pas vu", protesta-t-il. "Permettez-moi de vous souhaiter une bonne année."

"Pareil pour toi." Elle rougit un peu, puis : " Que penses-tu de nos nouvelles décorations ? Elles ne sont pas jolies ? "

Il les félicita de façon superficielle, même sans se retourner. Ses yeux étaient rivés sur son visage. Il se rappelait les insinuations réitérées de Jenkins et se demandait si elles reposaient sur des faits.

"Au fait, est-ce que Jenkins était là aujourd'hui ?" » demanda-t-il en introduisant le nom.

"Est-ce que c'est le jeune homme qui vous accompagnait parfois ? Non."

Il n'y avait aucune trace de gêne dans son attitude, et Richard résolut de traiter Jenkins avec sévérité. Un autre client s'est approché de la caisse.

"Eh bien, bon après-midi." Il s'est attardé.

"Bon après-midi." Son regard se posa doucement sur lui. "Je suppose que tu seras encore là *un* jour." Elle parlait à voix basse pour que l'autre client ne l'entende pas.

"Je viens tous les jours maintenant, je pense", répondit-il sur le même ton, avec un rire étouffé. "Ta-ta."

Ce soir-là, à sept heures et demie, il commença son roman. Le premier chapitre était introductif et les mots venaient sans trop d'effort. Ceci n'étant qu'une ébauche, il n'y avait pas besoin de peaufiner ; de sorte que lorsqu'une phrase refusait de se dérouler correctement lors du premier procès, il se contentait de la rendre grammaticale et de la laisser de côté. Il semblait avoir travaillé des heures durant quand l'envie lui prit de compter ce qui était déjà écrit. Six cents mots ! Il poussa un soupir de satisfaction et regarda sa montre pour constater qu'il était exactement huit heures et demie. Cette découverte a quelque peu atténué sa félicité. Il commença à douter que des textes composés à raison de dix mots par minute puissent avoir une réelle valeur. Caca! Parfois on écrivait vite, parfois lentement. Le nombre de minutes occupées n'était pas un indice de qualité. Doit-il continuer à écrire ? Oui, il le ferait... Non... Pourquoi le ferait-il ? Il avait accompli la tâche qu'il s'était assignée pour la journée, et bien plus encore ; et maintenant il avait droit au repos. Il est vrai que la durée réelle du travail avait été très courte ; mais alors, un autre jour, la même quantité de travail pourrait prendre trois ou quatre heures. Il rangea ses affaires d'écriture et chercha quelque chose à lire, tombant finalement sur "Paradise Lost". Mais "Paradise Lost" voulait de la réalité. Il l'a mis de côté. Y avait-il une raison valable pour qu'il ne termine pas la soirée au théâtre ? Aucun. Le gel était revenu avec puissance et la réverbération des rues résonnait de manière invitante à travers ses fenêtres aux rideaux. Il sortit et remonta d'un pas vif Park Side. A Hyde Park Corner, il sauta dans un omnibus.

C'était la première soirée d'un nouveau ballet à l'Ottoman. "Des places debout seulement", dit l'homme à la billetterie. "Très bien", dit Richard et, en entrant, il fut accueilli par une musique douce, qui lui parvenait comme un zéphyr intermittent au-dessus d'une mer de têtes.

CHAPITRE XXIX

Un samedi après-midi, vers la fin du mois de février, il décida soudain de lire la majeure partie du projet de roman tel qu'il était écrit ; jusqu'ici, il avait évité toute sorte de révision. La résolution d'accomplir cinq cents mots par jour avait été assez bien tenue, et le total s'élevait à environ quatorze mille. Comme il écrivait d'une écriture très audacieuse, les feuilles couvertes formaient une pile tout à fait respectable. La plupart d'entre eux l'ont cajolé, malgré certaines réserves, à une hypothèse optimiste quant à leur qualité littéraire. Jamais auparavant il n'avait autant écrit sur un même thème, et que ses écrits soient bons ou mauvais, il fut, pendant quelques instants, fier de son exploit. Le mal résidait dans le fait que, de semaine en semaine, il prenait de moins en moins soin de son travail. L'expression « Tout peut suffire pour un projet » était devenue de plus en plus fréquente pour excuser le laxisme dans le style et la construction. "Je remédierai à cela lors de la révision", s'était-il rassuré, et il avait avancé négligemment, laissant d'innombrables grossièretés dans le sillage de sa plume pressée. Au cours des derniers jours, il n'avait presque rien écrit, et c'était peut-être l'espoir de stimuler une inspiration affaiblie par l'examen complaisant du travail réellement accompli qui le tentait à cette lecture hasardeuse.

Il sifflait en prenant le manuscrit, comme un garçon siffle lorsqu'il entre dans une cave obscure. Les trois premières pages furent lues minutieusement, chaque mot, mais bientôt il se précipita, se précipitant au paragraphe suivant avant de comprendre le précédent ; puis il se mit à sauter sans vergogne ; puis il s'est arrêté, et son cœur a semblé s'arrêter aussi. Le manque d'homogénéité, de séquence, de qualité dramatique, d'intérêt humain ; la syntaxe lâche ; et la médiocrité persistante de tout cela l'horrifiait. C'était des os secs, un fiasco. La certitude qu'il avait encore une fois échoué l'envahit comme une vague verte et froide de la mer, et il éprouva une sensation physique de mal d'estomac. le feu, et l'écrasant de manière venimeuse dans les flammes avec un tisonnier. Puis il s'est redressé. Sa confiance en lui était en train de disparaître, presque ; il fallait s'arranger pour le récupérer, et il cherchait un moyen. (Où étaient maintenant les exultations téméraires de la nouvelle année ?) Il était impossible que son œuvre soit irrémédiablement mauvaise. Il se souvenait avoir lu quelque part que la différence entre un bon roman et un roman sans valeur était souvent simplement une différence d'élaboration. Une réécriture consciencieuse pourrait donc probablement apporter une amélioration surprenante. Il doit immédiatement en faire l'expérience. Mais il avait depuis longtemps juré solennellement de ne pas commencer la deuxième rédaction avant que le brouillon ne soit terminé ; la valeur morale de terminer même le projet lui avait alors semblé inestimable. Peu importe!

Sous la contrainte d'une grave nécessité, ce serment doit être renoncé. Aucune autre solution ne pourrait le sauver de l'effondrement.

Il est sorti dans la rue. Le temps, beau et lumineux, suggérait les premiers balbutiements du printemps, et Piccadilly était pleine de femmes de toutes classes et de tous âges. Il y avait aussi des régiments d'hommes, mais le flot gai et incessant de femmes l'obsédait. Il les voyait assis dans des cabines et des voitures privées et sur le toit des omnibus, nichés dans de hautes fenêtres, brillant dans l'obscurité des boutiques, marchant sur les trottoirs d'un pas de fée, soit sans surveillance, soit à côté d'hommes insensés et peu reconnaissants. À Londres, tout homme semblait avoir droit à une part de la compagnie d'une femme, sauf lui-même. Quant à ces hommes qui marchaient seuls, ils avaient des amantes quelque part, ou des mères et des sœurs, ou encore ils étaient mariés et même maintenant en route vers une épouse et un foyer. Seulement, lui était mis à part.

Une lumière descendit sur lui cet après-midi-là. L'homme moyen et la femme moyenne étant constamment jetés dans la société de l'autre, la coutume leur a réservé le privilège exquis d'un tel rapport sexuel. Le rustique ne peut pas partager l'enthousiasme du citadin pour les paysages ruraux ; il ne voit aucune matière à l'extase dans la vue depuis la porte de sa chaumière ; et de la même manière, l'homme moyen et la femme moyenne dînent ensemble, parlent ensemble, marchent ensemble, et ne savent pas à quel point ils sont richement bénis. Mais avec des solitaires comme Richard , c'est différent. Interdits de communion avec le sexe opposé par les circonstances et une méfiance innée qui rend impossible le contrôle des circonstances, leurs sensibilités affamées acquièrent une certaine tendresse morbide. (Le paysan discerne sans aucun doute de la morbidité dans l'attitude du citadin face à la vue depuis la porte de sa chaumière.) Richard l'a compris. Dans un moment lumineux de révélation de soi, il fut capable de retracer l'évolution de la maladie. Depuis ses premiers symptômes vagues et fugitifs, elle avait tellement grandi que maintenant, en voyant une jolie femme, il ne pouvait se contenter de dire : « Quelle jolie femme ! et en finir avec ça, mais il lui faut construire une maison, meubler une pièce de la maison, allumer un feu dans la pièce, placer une chaise basse près du feu, mettre la femme sur la chaise, avec un sourire accueillant sur elle retournée lèvres – et imaginez qu'elle était sa femme. Et ce ne sont pas seulement les femmes attirantes qui l'ont envoûté. La vue de n'importe quel être vivant en jupon était susceptible de mettre en mouvement son imagination hystérique. Chaque femme qu'il rencontrait était une Femme... Parmi les millions de femmes de Londres, pourquoi n'avait-il pas le droit d'en connaître quelques-unes ? Pourquoi a-t-il été complètement coupé ? Ils étaient là : leurs jupes de soie l'effleuraient sur leur passage ; ils le remerciaient pour ses petits services dans les véhicules publics ; ils le servaient dans les restaurants ; ils lui chantaient aux concerts, dansaient pour lui au théâtre ; touchaient son existence de toutes parts – et pourtant elles étaient plus éloignées que les étoiles, inaccessibles comme la lune… Il se rebella. Il tomba dans le désespoir et se laissa aller à des accès de colère. Puis il était un personnage pathétique, et il étendait sa propre pitié, souriant sardoniquement au sort. Le destin était d'autant plus dur à supporter qu'il était convaincu qu'au fond de lui, il était essentiellement un homme à femmes. Personne ne pouvait apprécier l'atmosphère féminine avec plus d'acuité et d'art que lui. D'autres hommes, qui avaient ces délicieux droits qu'il désirait en vain, les estimaient mesquinement, ou même les méprisaient... Il se souvenait avec un profond regret de son amitié avec Adeline. Il rêvait qu'elle était revenue, qu'il était tombé amoureux d'elle et l'avait épousée, que ses ambitions le conduisaient au succès. Ah ! Sous l'impulsion des yeux d'une femme, de quels efforts immenses un homme intelligent n'est-il pas capable, et privé de ces efforts, dans quelles profondeurs de stagnations ne descendra-t-il pas ! Puis il se rendit compte qu'il ne connaissait aucune femme à Londres.

Oui, il en connaissait une, et ses pensées se mirent à la caresser, à l'idéaliser et à l'ennoblir. Elle ne lui rendait sa monnaie que quotidiennement au Crabtree, mais il la connaissait ; il existait entre eux une sorte d'intimité. C'était une fille simple, possédant peu d'attraits, sauf le suprême d'être une femme. Elle était au-dessous de lui en gare ; mais n'avait-elle pas ses raffinements ? Même si elle ne pouvait pas entrer dans sa vie mentale ou affective, n'exhalait-elle pas pour lui une certaine influence bienveillante ? Son cœur s'est tourné vers elle. Ses flirts avec M. Aked , sa prétendue alliance avec Jenkins ? Des bagatelles, des rien ! Elle lui avait dit qu'elle vivait avec son père, sa mère et un frère cadet, et à plusieurs reprises elle avait mentionné la chapelle wesleyenne ; il avait compris que toute la famille était religieuse. En théorie, il détestait les femmes religieuses, et pourtant, la religion chez une femme... qu'est-ce que c'était ? Il répondit à la question avec le rire facile d'un homme. Et si son tempérament était quelque peu lymphatique, il devinait qu'une fois excitée, elle était capable des sentiments les plus passionnés. Il avait toujours eu une prédilection pour les femmes du type volcan endormi.

CHAPITRE XXX

Richard fut bientôt contraint de conclure que la deuxième écriture de son roman était vouée à un échec. Pendant quelques jours, il s'acharna à sa tâche, écrivant des textes dont il savait qu'ils seraient finalement condamnés. Puis un soir, il s'arrêta brusquement, au milieu d'un mot, mordit un instant le porte-plume et le jeta par terre avec un « Merde ! Ce genre de chose ne pouvait pas continuer.

"Mieux vaut venir voir mes nouveaux arrangements à Raphael Street ce soir", dit-il à Jenkins le lendemain. Il voulait une diversion.

« Il y a du whisky ? »

"Certainement."

"Enchanté, j'en suis sûr", a déclaré Jenkins avec l'un de ses ridicules salutations polies. Il considérait ces rares invitations comme un honneur ; cela faisait plus de six mois depuis le dernier.

Ils burent du whisky et fumèrent des cigares que Jenkins avait soigneusement apportés avec lui, et discutèrent longuement des affaires de bureau. Et puis, au fur et à mesure que les cendres de cigares s'accumulaient, les sujets devenaient plus personnels et intimes. Cette nuit-là, Jenkins était certainement sérieux ; de plus, il se comportait de la meilleure façon possible , s'efforçant d'être sympathique et courtois. Il confie à Richard ses aspirations. Il souhaitait apprendre le français et proposa à cet effet de rejoindre un institut polytechnique. De plus, il envisageait de quitter la maison et de vivre dans des chambres, comme Richard. Il gagnait désormais vingt-huit shillings par semaine ; il avait l'intention d'économiser de l'argent et de renoncer à toutes les boissons intoxicantes au-delà d'une demi-pinte d'amer par jour. Richard répondait volontiers à son humeur et offrait des conseils judicieux, qui étaient écoutés avec déférence. Puis le discours, comme souvent auparavant, a dérivé vers le sujet des femmes. Il semblait que Jenkins avait envie de « s'installer » (il avait vingt et un ans). Il connaissait plusieurs gars de Walworth Road qui s'étaient mariés avec moins que ce qu'il gagnait.

« Et Miss Roberts ? demanda Richard.

"Oh ! Elle est partie. Elle est un peu trop vieille pour moi, tu sais. Elle doit avoir vingt-six ans."

"Regarde ici, mon garçon", dit Richard avec bonne humeur . "Je ne crois pas que tu aies jamais eu quoi que ce soit à voir avec elle. Ce n'était que de la vantardise."

« Que parierez-vous que je ne peux pas vous le prouver ? rétorqua Jenkins en tendant le menton, un geste inquiétant de sa part.

"Je vous parie une demi-couronne, non, un shilling."

"Fait."

Jenkins sortit un étui en cuir de sa poche et tendit à Richard une photo naine de Miss Roberts. En dessous se trouvait sa signature : « Cordialement, Laura Roberts ».

Curieusement, l'incident n'a pas du tout troublé Richard.

Il descendit à Victoria avec Jenkins vers minuit et, en rentrant à son logement, pensa pour la centième fois à quel point son mode d'existence actuel était futile, à quel point il était dépourvu de tout ce qui rend la vie digne d'être vécue. A quoi bon occuper de jolies chambres, si on les occupait seul, en y entrant la nuit pour les trouver vides, et en les quittant le matin sans un mot d'adieu ? Dans les déchets de Londres, Laura Roberts a créé le seul point vert. Il avait perdu tout intérêt pour son roman. D'un autre côté, son intérêt pour la visite quotidienne au Crabtree augmentait.

De jour en jour , il tomba dans l'habitude de rechercher et de magnifier délibérément les plus belles qualités de sa nature, tout en ignorant celles qui étaient susceptibles de l'offenser ; en fait, il refusait de se laisser offenser. Il alla jusqu'à retarder définitivement son heure de déjeuner, afin que, l'affluence des clients étant passée, il ait plus de facilité à lui parler sans interruption. Puis il essaya timidement les premiers accents de cour, et, voyant ses avances acceptées, s'enhardit. Un dimanche matin, il la rencontra alors qu'elle sortait de la chapelle wesleyenne de Munster Park ; il a dit que la rencontre était due à un accident. Elle le présenta à ses parents qui l'accompagnaient. Son père était un homme grand, corpulent et brun, vêtu d'un tissu noir, avec une barbe épaisse, d'énormes doigts potelés et des ongles gris dentelés. Sa mère était une femme simple, d'aspect triste, dont les lèvres minces remuaient rarement ; elle tenait ses mains devant elle, l'une sur l'autre. Son frère était un écolier dégingandé, portant un chapeau en mortier endommagé.

Peu après, il lui rendit visite rue Carteret. L'écolier ouvrit la porte et, après l'avoir invité jusqu'au hall, disparut dans une pièce du fond pour réapparaître et courir à l'étage. Richard entendit son murmure fort et agité : « Laura, Laura, voici M. Larch qui vient vous voir.

Ils se sont rendus à Wimbledon Common ce soir-là.

Son entité semblait devenue double. Une partie de lui était volontairement asservie à une passion impérieuse et entêtée ; l'autre se tenait calmement, cyniquement à l'écart, et regardait. Il y avait des heures où il pouvait prévoir toute sa vie future et mesurer les regrets amers et inutiles qu'il accumulait ; des heures où il a admis que sa passion avait été, pour ainsi dire, artificiellement attisée et qu'il ne pouvait y avoir aucun espoir d'un amour durable. Il aimait Laura ; elle était une femme, un baume , une consolation. Sur tout le reste, il fermait obstinément les yeux, et, rejetant toute considération de prudence, s'empressait de s'impliquer de plus en plus profondément. Vite, vite, le point culminant approchait. Il l'accueillit avec une joie étrange et effrayée.

CHAPITRE XXXI

Ils se trouvaient sur Chelsea Embankment à la fin du crépuscule d'un samedi soir de mai. Un vent chaud et doux faisait vibrer les arbres en herbe avec des paroles magiques. La longue ligne droite de lampes en série s'étendait jusqu'à un pont enchanté qui, avec ses lumières scintillantes, pendait au-dessus de la rivière brumeuse. Le claquement d'une rame montait langoureusement de l'eau et des voix d'enfants appelaient. De temps en temps, des couples comme eux passaient, silencieux ou conversant à voix basse qui semblaient véhiculer des significations intérieures et inarticulées. Quant à eux, ils se taisaient ; il n'avait pas son bras, mais ils marchaient près l'un de l'autre. Il fut profondément et indescriptiblement ému ; son cœur battait fort, et quand il regardait son visage dans l'obscurité et vit que ses yeux étaient liquides, il battait encore plus fort ; puis restez tranquille.

"Asseyons-nous, d'accord ?" dit-il enfin, et ils se tournèrent vers un banc vide sous un arbre. "A quoi pense-t-elle ?" se demanda-t-il, puis le sentiment dominant du moment le posséda entièrement. Ses ambitions flottaient hors de vue et étaient oubliées. Il ne se souvenait de rien, sauf de la jeune fille à ses côtés, dont la poitrine exaspérante se soulevait et s'abaissait sous son regard. A ce moment-là, elle n'appartenait à aucune classe ; n'avait ni qualités, ni défauts. Tous les éléments superflus de son être ont été dépouillés, et elle n'était plus qu'une femme, divine, désirée, nécessaire, attendant d'être capturée. Elle était assise passive, dans l'attente, l'incarnation du Féminin.

Il lui prit la main et la sentit trembler. A ce contact, un frisson le parcourut, et pendant une seconde un délicieux malaise lui enleva toute force. Puis, avec une rapidité inexplicable, son esprit revint infailliblement à ce voyage en train vers les funérailles de William. Il vit la chaumière dans les champs, et la jeune mère, à moitié vêtue et les yeux endormis, debout à la porte. Vision exquise!

Il s'entendit parler :
"Laura...."
La petite main donna un encouragement craintif.
"Laura… tu vas m'épouser."
La pression enivrante de ses lèvres sur les siennes fut une réponse. Insoucieux de la publicité, il l'écrasa contre sa poitrine, cette créature palpitante au visage sérieux. Ah, elle pourrait aimer !
C'était fait. Le grand moment irrémédiable était allé rejoindre un million d'autres moments sans importance. Il se sentait triomphant, farouchement triomphant. Son affreuse solitude touchait à sa fin. Une femme lui appartenait. Une femme... la sienne, la sienne !
Voir! Une larme frémit dans ses yeux.

CHAPITRE XXXII

Dimanche, il faisait une chaleur étouffante. A Sloane Street, le toit de chaque omnibus de Putney était déjà chargé de passagers, et Richard, en route vers Carteret Street pour faire la connaissance de la sœur mariée de Laura, Milly Powell, de son mari et de son jeune enfant, fut finalement contraint de se contenter d'un siège à l'intérieur. Les pubs fermaient à peine pour l'après-midi et les sentiers étaient remplis de vacanciers, avec ici et là une fille ou un homme d'âge moyen portant une Bible. Il n'y avait aucun véhicule à l'étranger, à l'exception des omnibus et, de temps en temps, d'une voiture de location qui passait d'un air nonchalant et paresseux.

Au Redcliffe Arms, eut lieu une petite fête de famille composée d'un homme gros, apparemment prospère, bourru et de bonne humeur , de sa femme et d'un garçon d'environ trois ans, dont le visage bouffi était défiguré par de grandes lunettes.

"Asseyez-vous ici, Milly, à l'abri du soleil," dit sèchement l'homme.

Richard leva les yeux au son du nom. La ressemblance de la femme avec Laura était indubitable ; sans aucun doute, ce devait être la sœur de sa fiancée. Il l'examina avec curiosité. Elle avait peut-être un peu moins de trente ans, était de bonne taille et bien bâtie, avec une grosse tête et un visage large et uni. Ses mouvements étaient maladroits. Elle semblait se trouver juste sur la ligne qui sépare la matrone de la jeune mère. Dans ses traits comme dans sa tenue vestimentaire, il y avait de légers rappels de la grâce d'une jeune fille, ou du moins du charme de l'épouse timide qui allaite son premier-né. Son teint était clair et frais, ses oreilles petites et délicatement roses, ses yeux d'un gris froid. Mais on ne remarquait pas ces beautés sans un examen attentif, tandis que les mâchoires lourdes, les paupières lâches, le nez aplati dont l'inclinaison révélait désagréablement les narines, étaient évidents et repoussants. Elle portait une robe noire mal ajustée, qui lui donnait une laideur probablement étrangère à sa silhouette. Son large chapeau de paille noire, orné de coquelicots et de bleuets, était d'une modernité saisissante, et le voile, qui courait en biais depuis l'extrémité du bord jusqu'au menton, donnait à son visage un aspect cloîtré qui avait sa propre séduction. . Ses petites mains étaient soigneusement gantées et tenaient un parasol efficace et bon marché. L'expression normale de la femme était celle d'une vacance de vache, mais de temps en temps ses yeux s'illuminaient lorsqu'elle parlait à l'enfant, le retenant doucement, le rassurant, le ralliant avec de simples plaisanteries. Elle était toujours amoureuse de son mari ; elle le regardait souvent avec une nostalgie furtive. Elle a pu profiter du temps estival. Elle n'était pas tout à fait insensible aux phénomènes courants des bords de route. Mais les dernières résistances de la jeunesse et de la vivacité en voie de disparition contre le narcotique d'une vie domestique ennuyeuse et peu charmante étaient en cours. Dans un an ou deux, elle serait la matrone typique de la petite bourgeoisie.

Lorsque Richard eut fait ces observations, il réfléchit : « Laura sera comme ça, bientôt. Mentalement, il compara les deux visages et il put, pour ainsi dire, voir Laura changer...

S'ensuivit alors une rêverie qui embrassait toute sa vie passée. Il a reconnu que, même s'il portait tous les aspects de la prospérité, il avait échoué. Pourquoi la nature l'avait-elle privé de sa force de détermination ? Pourquoi ne pouvait-il pas, comme les autres hommes, plier les circonstances à ses propres fins ? Il chercha une raison, et il la trouva chez son père, ce mystérieux et mort transmetteur de traits, qu'il connaissait si peu, et sur le nom duquel il y avait une tache quelconque qui lui était cachée. Il était né dans l'ombre, et après une lutte intermittente pour émerger, dans l'ombre, il devait de nouveau se retirer. Le destin était son ennemi. Marie était morte ; Mary l'aurait aidé à être fort. M. Aked était décédé ; L'influence inspirante de M. Aked aurait incité et guidé ses efforts. Adeline l'avait abandonné à une solitude fatale.

Il savait qu'il ne tenterait plus d'écrire. Laura ne savait même pas qu'il avait eu des ambitions dans ce sens. Il ne le lui avait jamais dit, car elle n'aurait pas compris. Elle l'adorait, il en était sûr, et parfois il avait pour elle une grande tendresse ; mais il serait impossible d'écrire dans la maison de poupée de banlieue qui devait être la leur. Non! À l'avenir, il ne serait plus qu'un mari de banlieue, dévoué envers ses employeurs, de la grâce desquels il dépendrait doublement ; garder sa maison en bon état ; poterie dans le jardin; emmener sa femme se promener, ou occasionnellement au théâtre ; et économiser autant qu'il le pouvait. Il serait bon avec sa femme : elle lui appartenait. Il voulait se marier immédiatement. Il voulait être maître de sa propre demeure. Il voulait avoir le baiser de Laura quand il sortait le matin pour gagner du pain et du fromage. Il voulait voir sa silhouette à la porte à son retour le soir. Il voulait partager avec elle la paisible soirée domestique. Il avait envie de la taquiner, de se faire botter les oreilles et d'être traité de grand idiot. Il avait envie de se faufiler dans la cuisine et de la surprendre avec une pincée de joue alors qu'elle se penchait sur la cuisinière. Il aurait voulu la prendre dans ses bras, la porter d'une pièce à l'autre et la déposer, essoufflée, sur une chaise... Ah ! Que ce soit bientôt. Et quant à l'avenir plus lointain, il ne l'envisagerait pas. Il garderait les yeux fixés sur le premier plan immédiat et serait heureux tant qu'il le pourrait. Après tout, peut-être que les choses avaient été ordonnées pour le mieux ; peut-être n'avait-il pas de véritable talent pour l'écriture. Et pourtant, à ce moment-là, il avait conscience qu'il possédait l'imagination incommunicable de l'auteur... Mais c'en était fini maintenant.

Le conducteur annonça leur destination et, tandis que la sœur de Laura prenait l'enfant dans ses bras, il sauta et descendit en toute hâte la rue Carteret afin d'atteindre la maison en premier et ainsi éviter une rencontre sur le pas de la porte. Il entendit le trot de l'enfant derrière lui. Les enfants... Peut-être qu'un de ses enfants pourrait donner des signes de capacité littéraire. Si tel était le cas – et ces instincts sont sûrement descendus, n'ont pas été perdus – comme il le favoriserait et l'encouragerait !

LA FIN

Milton Keynes UK
Ingram Content Group UK Ltd.
UKHW011123180424
441376UK00004B/178